长篇社会小说

单亲时代

夏景 著

中国青年出版社

图书在版编目（CIP）数据

单亲时代 / 夏景著.—北京：中国青年出版社，2009.7
ISBN 978-7-5006-8916-4

I.单… II.夏… III.长篇小说－中国－当代 IV.I247.5

中国版本图书馆 CIP 数据核字(2009)第 150445 号

书　　名：单亲时代
作　　者：夏　景
责任编辑：庄　庸
特约编辑：许　洁
装帧设计：高永来
出版发行：中国青年出版社
社　　址：北京东四十二条 21 号
邮　　编：100708
网　　址：www.cyp.com.cn
门市部电话：(010)84039659
印　　刷：三河市君旺印装厂
经　　销：新华书店

开　　本：700 × 1000　1/16
印　　张：13.25
插　　页：1
字　　数：210 千字
版　　次：2010 年 1 月北京第 1 版 2010 年 1 月河北第 1 次印刷
印　　数：1-10,350 册
书　　号：ISBN 978-7-5006-8916-4
定　　价：29.80 元

本图书如有任何印装质量问题，请与印务中心质检部联系调换。
联系电话：(010) 84047104

目 录

引子

北京，闷热的夏天。

直到傍晚过后，天幕才开始渐渐辽远起来。

起风了，无数的云团，迅速聚拢成列，宛如广袤田野上的道道犁沟，向北延绵伸展，一直到达目力可达的大山背后。

三个年轻人，已经坐在那辆黑色的帕萨特车里好一会儿了。天色暗了下来，在黑夜中，无论云层，还是周围店铺的昏黄灯光，都让郊外的这片地方，毫无地域特色可言。

"这是游泳晒蜕的皮。"坐在汽车后座的少年说。他正在掀他胳膊肌肤上随时会蜕掉的皮。

新掀掉的皮肤红红的，看上去就像是破了。

副驾驶座坐着一个姑娘，十五六岁，但和她这个年龄的女孩子一样，都喜欢比实际年龄打扮得更成熟一些。

她穿着一件挂脖的吊带衫，鲜艳的黄色。绷得紧紧的牛仔裤。

皮肤白得发亮，明眸皓齿，扎着高高的马尾。她可以说是非常漂亮，也可以说行为古怪。对几个小时窝在狭小的车厢里，她似乎感到津津有味。

和很多年轻人一样，她有一种想把既有的一切统统打碎，至于是否需要重新来过，却一点也不重要的神情。

嘴里嚼着乐天牌木糖醇，女孩对车旁走过的某个人发出无情的嘲讽。然后，她回过头，看了后座男孩一眼："你什么时候游泳？"

"每天中午。"男生说，"不睡午觉，偷着去游。"

"没有老师抓吗？"

"怎么没有？"男孩的口气，是早已习惯了被抓的，"不过是游泳，又不是钻女生宿舍。"

司机座上，是一个明显比他们大几岁的年轻人。他一言不发，既不说话，也不东张西望。只是拿着手机，狂发短信。

女孩不想说话了。她将头靠在了椅背上。后座男生掏出一个MP4来，要把耳机分给女孩一个："来听这个，黑眼豆豆的新歌，我喜欢。"

姑娘头凑过去，两个人头挨着头，一边点着拍子，一边跟着唱。

突然，街对面的学校大门，传来了嘈杂声。他们立刻收了MP4和手机，一起安静了下来。眼睛透过车窗，一起向外看着。

直到此刻，对将要做的事情，他们依然没有经过过多的思考。但结论却是不言而喻的——无论怎样，并非他们的错，他们仅仅是想给某人一点教训罢了。

这所设在郊区的民办外语学校，主要开办针对暑期学生的托福强化培训。因为有不少外地的学生也会来这里，所以学校里还有一幢宿舍楼。

学校有学校的纪律，这会儿，晚自习下了，能走出校门的，都是本地学生。但总有个别的住校生，还是会溜出来。

他们要等的人，就在走出校门的这些学生里面。

很快，一对小男女，落在了他们的眼里。

女孩个头不高，纤瘦，半长发，短裤，小背心，光脚穿球鞋，正兴高采烈地对旁边的男生说着什么。她一会儿歪歪脖子，一会儿扯扯头发。这让车里坐着的几个人，不由啧啧起来。

后座男生说："等明天她就笑不出来了。"

他们的脸上，带上了一种与年龄不相符的阴郁和残酷。男生不错眼珠地瞅着外面，手指却一下一下，机械地撕着自己胳膊上的皮。

劲不小心用得大了，忍不住"哎哟"了一声。

被他们盯着的这两个孩子，一路走到了公交车站。两个人还在说着什么，男生个儿高高的，眉眼很漂亮，肩窄，看上去像是来自南方的孩子。他突然仰头大笑起来，黑暗中，露出一排洁白的牙齿。

公交车终于来了，女生轻巧地跳上了车，跟男生挥手拜拜。

原来，这男生，只是出来送女孩子的。他转过身，准备回学校了。

酝酿了整整一个白天的湿气，终于有点要落下来的意思了。但依然迟疑着，恍惚着，仿佛雨点也需要想一想，才能明白什么叫做万有引力。车窗上平静地落了几点雨滴，玻璃立刻显得有些花了。他们慢慢发动了车子。

这个时候，走读生全部走完后，学校大门也就关上了。

男生却自有他回校的办法。拐一个弯，在一处没人的街上，他可以爬到树上，然后翻进学校的围墙。

车一点一点地，跟了上去。

男生刚要开始爬树，车里的几个人已经快速跳下，向他包抄过来。

听到了身后的响动，男孩子转过头来。他不明所以，却也不无友好地看着他们。没有等他开口，他的头，已经被一个麻袋狠狠罩住了。很快，手也被捆绑在了后面，绳子很粗，绑得非常狠。他错过了最佳的反抗时间。他甚至连扭扭身体，踢几下腿都没有来得及。他只是在嚷嚷："你们是谁，你们是谁，我不认识你们啊！"

他被用力地推上了车。是那辆黑色的车吧，他刚才似乎看见了的。

他们嫌他吵，在他嘴里塞了一团东西，很可能是袜子，味道可疑又呛人。他动不了了。

耳边只听几个人在说着话："快开车。"

"还有好长一段路呢。"

"别说话，注意看灯。"

"雨不会下大吧？"

中间还有一个女孩子的声音。

夜深了，天特别的黑。

雨最终还是没有落下来。即使在晚上昏黄的灯光里，也能看见北京城街道漫起的尘土。这种感觉和南方的潮湿混乱完全不同。白杨树静静的，能清晰地听见车轮胎快速刮过地面的摩擦声。过去的几个小时，仿佛一幕幕无序的场景，带着某种色彩和形式精美的框架，在极力地展示着一种情绪。

窗户被打开了，清爽的晚风，透过麻袋，很轻微地吹过。男孩闻不到什么特别的气味。也不明白，为什么突然一切都这么地安静。

经过了无数次红绿灯停顿，转弯，加速减速后，车终于停了下来，又开始向后倒退。

"不对不对，再开进去一点。"

"左打，后退，好。"

他听见他们在说。

他心里很慌，不知道他们都是些什么人。如此离奇古怪的事情，怎么会发生在自己身上？这不是梦吧，可是更不像是真的。他仿佛掉进了茫茫大海，汹涌的急流将他卷入更大漩涡之中。他本能地希望向身边的另一个人身上靠去，可是车停了，他被对方一把操出了车门。

他听到自己摔倒在地上的声音，脚踝狠狠地崴了一下。

地不很平，坑坑洼洼的。

他听见手机从口袋里落下，掉在了地上。这让他心里一悸，觉得和熟悉的世界真正失去了联系。

那几个人并不说话，只是一个劲推着他，走个没完。他脚步跟跄，疼痛钻心，却不知道要去哪里。终于，他们站住了。一个和他差不多年龄、变声时间并不长的男孩说："你就好好待在这里，反省反省吧！能活下来，算你命大，活不下来，那也是你的命。"

他们一把拽下了他头上的麻袋，接着把嘴里的袜子也取了下来。男孩突然嗅到了夜晚的味道。他不知道是视力没有恢复，还是地方可疑，四周比麻袋里亮不了多少，伸手不见五指，到处寂静无比。有风吹过林子的声音，还有夜鸟刺耳的尖叫声。

他吓坏了。

那几个人，却并不等他吞下一口口水，以便能发出声音来，突然地，就全都走没了。他依稀感觉得到，他们脚步的轻盈和率性。他们将他扔在这里，就好像扔了一堆垃圾后，随意而清脆地拍了拍手。

　　而那个女孩子，他似乎还能看见她高高摇摆的马尾，和两条笔直瘦削的漂亮长腿。

第一章
发烧

五岁那年，万紫生了一场病。

那是五月的小满天，雨淅淅沥沥下个不停。环绕着资中县城的河水，突然大涨。碎石块淹没了，重龙山山上的树木，在雨中显得越发深幽起来。她在迷迷糊糊的睡意中，听见妈妈在对人说，船要是还不走，就不能送去内江市的医院了。

妈妈的声音紧张、焦虑，万紫在病中也能感觉到这一点。她很爱妈妈，只有在妈妈身边，她才会喋喋不休。她拉着妈妈的衣角，指给她见到的任何东西，说："妈妈，你看。"还仰起胖嘟嘟的小脸，让妈妈亲亲她。

可是妈妈开始紧张了，声音里有了哐哐啦啦的金属声，就好像一根无形的铁丝，在慢慢向她们靠拢过来。

万紫再也睡不踏实了，翻身、手脚抽动，眼皮也扇动起来。妈妈停止了说话，悄悄坐在了她的床边，拉住了她的手。

他们还是去了市医院，妈妈给开渡船的艄公送了两瓶酒。艄公披着件雨衣，摇着船送她们上了路。他一摇一摆的动作，应和着流水湍急的波浪，有着说不出的惆怅。

一夜过后，河水水面宽了许多，雨点落下来，形成密密麻麻小小的圆坑。万紫躺在妈妈的怀里，偶然睁一下眼睛，她能闻到妈妈身上的汗酸味，正仿佛是她的心酸。

市医院也不知道孩子持续的发烧到底是什么原因。他们担心她得了脑膜炎，要抽骨髓做化验。万紫知道妈妈在掉眼泪，一会儿擦自己的，一会儿擦她的，她们的眼泪很快就混合在了一起。

但骨髓结果还没出来，万紫已经退烧了。她瞪着两只溜圆的大眼睛，东张西望，护士医生都觉得她可爱得出奇，听说她退烧了，大家纷纷来摸她的小脸蛋。

"这孩子命真大。"他们对妈妈说，"她是你的福气啊。"

妈妈惊魂未定地看着她，手摁在她的额头上，并不多说什么。她有点害羞，也有点烦躁。回去的路上，她一直伸出两手平抱着万紫，因为医生说孩子刚抽了脊髓，还需要平卧。她的手里，还攥着药瓶。五岁的万紫，已经不轻。妈妈累坏了，走一会儿，就蹲下来，把万紫放在自己的膝盖上，歇一会儿。

市里有一趟公交车，可以通到去资中县城的渡口。妈妈抱着她上了车，却没有人站起来让座。售票员大喊，让妈妈将孩子放下来，妈妈辩解着，声音也越来越大。万紫含着眼泪，无助地望着这一切。后来，一个中年人站了起来，让妈妈坐了下来。

万紫很想坐起来，靠在妈妈的怀里，可妈妈不许。

她吓唬她："你不怕傻掉吗？不能坐起来的。"

这时，有人在旁边问妈妈："孩子的爸爸呢，这么吃力的活计，让女人做，造孽哟。"

妈妈将头转了过去，一副充耳不闻的样子。万紫愧疚地望了问话的那个人一眼，她很想替妈妈回答，可是她不敢。她太小了，她不确定自己是否能说得清楚。她只好把两只手绞在一起，自己玩着自己的手指头。

万紫是有爸爸的，只是她很少见到他。他住在县城街道的另一头，有时在街上遇见万紫，他会招手叫她，还给她买两颗水果糖吃。

舅舅来接的她们。他从妈妈手里将万紫接了过去。

"真的不能立起来抱？"他问妈妈，妈妈点点头。她胳膊已经僵硬了，一时间只能那样平举着，放不下去。两个手的手指，攥得太紧，又太用力，此刻乌黑黑的。

万紫躺在舅舅怀里，抬眼望着天空。她小小的心里，说不出的苦涩。而这感觉之前从来也没有过。她突然觉得，妈妈，舅舅，还有周围的一切，都有点陌生了。

好像万紫沉默的样子让妈妈终于下了决心。她咽口唾沫，一把拉住舅舅，当街站住，她说："我要去你那里住。我不回家了。我要离婚。"

舅舅吃惊地望着妈妈，妈妈头发凌乱，脸色憔悴，瘦小的身体，说不出的孱弱。舅舅为难地在斟酌，他嗫嚅着说，家里人已经够多，怕住不下。

妈妈说："不会连累你太久的，我找到活干，就带孩子离开你那。"

"你为什么不能继续住在他那里，反正他也不回家。"

"他一直在赶我们走，我不想再跟他有丝毫的关系了。我要带着万紫走掉，不再和这个男人有任何关系。我不要让万紫知道，她有这样一个老子。"

万紫心里很清楚，妈妈和舅舅，在说爸爸。舅舅望着妈妈，埋怨地说："当初你硬是要嫁给他，人人都知道他不是个好东西，吃喝嫖赌……"

妈妈叫了一声："大哥。"

舅舅看了万紫一眼，闭了嘴。

那是 1978 年，这年的秋天，妈妈和爸爸正式离婚了。

妈妈带着万紫搬到了舅舅家住。舅舅一家住在一个有十几户人家的大院子里，院子当中有一个长满青苔的井。井边又有水龙头，每天早上，很多人挤在这里洗脸刷牙。中午，又一起淘米做饭。

妈妈开始做萝卜丝糕，放在一个可以挂在脖子上的小玻璃箱子里，拿到小学和中学的学校门口去卖。她每天都要很早很早起来，洗萝卜，切萝卜，榨萝卜汁，搅拌糯米粉，上笼屉蒸……她低着头，不敢开灯，一来怕吵醒万紫，二来担心舅母嚷嚷，不许费电。

在黑黑的房间里，她的身体有规律地晃动着，嘴里发出隐忍的用力声。

万紫的童年，也是在这一年结束的。

因为妈妈突然变成了一个陌生人，她就像鼓着气的什么动物，每时每分，都气冲冲的。她不再对她充满耐心，不再抱着她亲吻她，更不会对她俯下身子好言好语地说话了。她卖萝卜丝糕，为了几分钱，跟那些孩子们大声对骂，当街吐口水，有时候追在后面。她脾气暴躁，语气蛮横，仿佛不这样，就没法活下去似的。

她对万紫说："上学去！你该念书了。书要念不好，就别回来见老子，老子养你不容易，你要记得！"

现在，万紫没有父亲了，母亲就自称老子了。这让她小小的心里充满了恐惧。

比起离婚前，母亲好像完全变成了另一个人。她常常要为一些小事，跳起脚来。

她和舅母吵，和小院里其他的人吵。舅母不许她点灯，不许她和他们一桌吃饭——万紫偶尔还是可以一起吃的，但万紫渐渐意识到，母亲很可怜，她也再不跟舅舅一家人去吃饭了。他们住在舅舅家后屋的一个堆放杂物的小屋里，没有电，是后来拉了根线才有的。但舅母见不得她们开灯，还说这房子如果能租出去，还能落不少钱。

那时已经有一些修皮鞋或弹棉花的浙江人，在外地找活干了。他们很能吃苦，也到处会找房子来租。

万紫和妈妈的晚上，总是早早就上了床。妈妈在房间里垒了一个炉灶，旁边还堆着柴火和煤球，现在房间更挤了，常常下脚的地方也没有。累了一天的母亲，躺在床上，一点力气也没有了。她不想说话。

万紫把涌到嘴边的话，全都吞进了肚子。她不明白出了什么事，为什么妈妈现在都很少看她。

她再也不要求妈妈亲亲她了，小嘴紧紧地闭着，眉头惊恐地皱在一起。

周围的孩子没有人玩的时候，就会拉她一起玩，但一有了别的小朋友，他们就会嫌弃她动作慢，跑不快。他们赶她走的最好办法，就是骂她"没爸爸的孩子"。

万紫一听这话，就气馁了。她眼泪汪汪地，站在角落里，手指攥成一团，不知道该怎么办。

幸好她成绩很好，几乎不用费心思，就总能考到满分。三年级的时候，妈妈已经攒了一点钱。她不仅卖萝卜丝糕，还卖莲子糕、桂花糕。她带万紫换了房子。

她们现在搬到街上去住了，在一幢三层楼上，租了别人的一间空房，房间有大大的窗户，还有走廊，走廊有水房，十几个水龙头。万紫觉得那很阔气，至少比舅舅家阔气多了。

舅舅来看妈妈，妈妈拿出两百块钱来给舅舅，说让他自己留着，别让舅母看见了。舅舅说："你何苦，让她知道，至少能对你好一点儿。"

妈妈说："我不需要她对我好，我很快就会离开这里的。"

舅舅和万紫听妈妈这样说，都吓了一跳，尤其是舅舅说："你要嫁人了？"万紫立刻有窒息之感，她担忧地望着母亲，心里突然充满了无法言说的恐惧。

万紫住的这个小县城，离火车轨道并不算远，前一年，附近曾发生过一次火车偏离轨道，四五节车厢甩在路基上的事故。当时全县人都出动了，她也跟在大人的后面去看。

平时看起来庞大的车厢，这时仿佛玩具一样地随意丢在路边，还有两个竟半撂在一起。人被压在车厢下面，断了腿，无力地呻吟着。她的眼睛，很快就被妈妈用手捂住了，可那个场景，她却再也忘不掉。她竟奇妙地联想到了自己的身世，母亲离婚，就好像这列好好走着的火车突然偏离了轨道。

她被狠狠地甩了出来，躺在地上，求生不得，求死不成。她很害怕妈妈会再婚，虽然那时她才刚刚九岁，她已经懂了什么叫再婚。可是母亲说，"不，我不会再结婚了。我要带万紫离开这里，去大城市生活。"

母亲说这话的表情，是笃定镇静从容的，就好像大城市一直在不远处等待着她似的。

那时的万紫，以为天下最大的城市，就是内江了。她依稀对那里还有印象，有公交车，有商店，楼房也很多。可是第二年，妈妈带她去的，却是成都。

那是1983年。市场经济开始活络起来。在成都这样的地方，小商贩们似乎更为如鱼得水。妈妈仿佛换了一个人。她精神抖擞，野心勃勃，拿出积蓄，开了一间小小的担担面馆——她什么都做，收钱，做面，挑卤。

万紫的性格，随着母亲心情的改变，发生了很大的变化。在学校里，她用功读书，成绩依然名列前茅。一放学，她就立刻飞奔到母亲的面馆，帮她做事。她算账算得很快，几乎从不出错。很快地，收钱这一块，她就挑了起来。这让她又得意，又自豪。

匆忙繁重的过程中，她长大了。她比她的所有同学，都要懂事很多。

万紫的眼神，有一种说不出的成熟。她不屑于同龄孩子玩的那些游戏，听身边的女孩子们为抓骨头而吵嘴，她觉得她们很可笑。在学校里，她得抓紧每一分钟，尽快将作业做完。她从不跟人说自己的家庭情况，也不问任何人他们的情况。她并不享受有成都户籍的那些孩子的待遇，却要交更多的钱。她小小年纪，什么都知道。

生活不易，她想，她必须要努力才行。

两三年后，母亲雇了一个人来帮自己。她也快要考中学了。虽然年纪在班上是最小的，但她的成绩却从来没有出过前三名。这一年，母亲花大价钱，为她买了一个成都户口，为此失去了买下门面继续扩张的大好机会。

四周的店铺越来越多了，做面的人也多了起来。母亲的手艺，显然无法应付下去。她必须请专业的厨师——可这样成本太大了，她开不下去了，她想重新开始做萝卜丝糕卖。

万紫不愿意，尽管她懂事很多，可是还是不愿意母亲重新扛上小担，走街串巷地去卖萝卜丝糕。她哭了好久，每天晚上都要哭，梦里也会哭醒。她仿佛又回到了资中时的生活，妈妈肩上的担子，意味着前景黯淡。

最后听妈妈说，关掉面馆，开个水果铺，她才松了一口气。

但生意依然不好，各种税越来越重。

事实是，当万紫考取成都最好中学的那一年，母亲重新开始了游街做生意的生活。她什么都卖，香烟、报纸、水果、糕点、核桃、瓜子、鲜花；什么地方她都去过，电影院、春熙路口、盐道街小学门口、新华书店的台阶下面，那时还有大片农田的牛沙南路……

万紫咬着嘴唇，心里每天都在替母亲担心，不知道她会不会被人踢翻了担子，人也滚到马路边上去。

妈妈那时对她说得最多的话是，好好读书，考上一个好大学。

直到高考前，妈妈才重新又开始做餐饮。她开了一家小锅盔馆，这不需要很多人手，她自己就能搞定。

万紫长大后，很多次想过母亲那些年的生活：她有没有生过病，有没有为这样年复一年日复一日的繁重压力绝望过，她有没有想过要找一个男人——关于后者，她想妈妈是自动放弃了。她已经不怎么拿自己当女人看了。

万紫去上海读的大学，一流的学校。消息传到资中，她舅母都跑到成都来看她了。但是三年之后，她却退学了。

那是因为寒假时，她遇到了一个叫陈先旺的男生。

他开朗欢快幽默大方，很容易给第一次见面的女孩子留下奇好的印象。他中专毕业，在一个小电厂工作。他有一个叔叔，开着一家大公司。于是他也自诩为富家子弟。和上世纪年代初刚有点小钱的很多人一样，万元户，就能让人活得无比的轻松自如，仿佛什么都不在话下，什么困难，对他来说都是小事一桩。这轻松的生活态度，深深地吸引了十七岁的万紫，她从小到大背得满满的焦虑和忧愁，只要在陈先旺跟前，会奇迹般地，全都消失。

只要放假，她每天都跟他在一起。

母亲并不知道这些，她苦尽甘来，心里充满了幸福。她觉得自己没有白白受苦，只要等女儿大学毕业，她就可以跟她一起享福了。

万紫每天早早就跑出家门，她也从不多问。这孩子几乎没有让她多操心过，她相信她，如同相信自己。她还有那么多的活要做，你当锅盔店是好开的吗？

开业的第一年，遇到某些人收保护费，她拒绝了。被砸了店不说，还被人在背后敲了一杠。她的腰从那时就一直在疼。后来她又托人，去请那帮人的老大开恩，把钱补齐交去。

去求人的时候，她哭得很伤心，差点就跪下来，可人家根本看都不看她一眼。

第二年，街道改造，从哪家门口开始挖，这里又有学问。她这次学乖了，一开始就给街道办事处的人送钱，说好话。最后她家门口的店前，留了一条过路的小道。这样早点她可以比别家赚很多。

白吃的，白拿的，这都不算什么了。最难过的是，常常要受人侮辱。那些光棍、无赖、没皮没脸的臭男人，知道她是个单身母亲，总想欺负她。要她去帮做小时工，一分钱不给，还要骚扰她。她要钱，他们提着棍，将她打出门。

可是过两天，喝点烧酒，又跑过来纠缠她。她有次发疯，将一筐锅盔冲男人兜头砸去，她不要命的样子，终于吓住了他们。那些人好久再不来了。

以后，她又卖起了酒酿汤圆，铺面里摆了三张小桌，还请了一个农村来的小女孩，帮她张罗。

尽管每天累个半死，可万紫每天穿得漂漂亮亮地跑出去，她心里还是感到很甜。万紫是她的收获，是长在她枝头上那颗沉甸甸的大苹果。她花费了自己所有的精血，才结出了这么一颗大苹果。她看在眼里，甜在心里。她只希望，万紫能一直这么挂在她的眼前，让她欢喜，让别人眼馋。

谁知道，这么香甜的一颗苹果，竟让陈先旺咔嚓给一口，吃掉了。

1992年春天，在学校里读书的万紫再也包不住怀有身孕这个事实了。

十九岁的她惊慌失措，无力面对所有的一切。她给陈先旺写了无数封信，陈先旺终于说："那你回来嘛，我们结婚好了。"

她迫不及待地，立刻收拾行李，就回了成都。

给学校没有请假，也没有告诉妈妈。她太害怕了，好像不这样做，第二天孩子就会生在宿舍里一样。

直到三个月后，系里打了一封电报，经资中舅舅那里，转到她妈妈手里时，大家才知道发生了什么。

万紫已经快要生产了。

而且，和陈先旺已经住在了一起。

陈先旺的父母，对送上门来的这个儿媳妇，并没有多少好感。他们给了陈先旺一千块钱，让他自己去解决自己的问题。陈先旺工厂有单身宿舍，可是离市区非常远。万紫只好跟他住到那里去。

一幢六层楼高的简易房屋，一间挨着一间，家家门口都垒着炉灶。很多间房里，还会跑出几岁大的小孩子来。

陈先旺不用再每天坐班车上下班了，可是远离城市，让他特别生气。只要有机会，他就对万紫说，我要去看老娘。

换班的时候，他可以一走一个星期不回来。即便回来，也是和一群人打麻将。

万紫已经开始后悔了。可是她没有办法了。她不知道除了生下这个孩子，还能该怎么办。她每天都觉得睡不醒，好不容易爬起来了，就会去楼下面买菜。她穿着陈先旺的衣服，松垮垮的，旧兮兮的，她已经快要忘记学校时的生活了。她的同学，老师，还有校园里古老的大树。

偶然，一只鸟飞过，尖锐的鸣叫声会让她一愣。仿佛这声音是一块小小的玻璃，在她的心里"咔嚓"地划了一下。

她把手紧紧放在胸口，就像捂住了那滴血的伤口。

妈妈气急败坏地找来了。她怎么也不敢相信自己的眼睛，仿佛眼前的一切，都只是一场幻觉。

她不停地对万紫说："跟我回家，快跟我回家。"

似乎只要回到家里，这一切就都可以消失，就都没有发生过。

因为她这样说："快把孩子去医院里做掉，再大点，就不行了。然后你回学校去，这里的一切，都不是真的。我已告诉了学校，你是生病了。我们休学一年，我去找人，托大夫，送钱，他们会给你开证明的。一切都会好的。知道吗？"

万紫自从五岁以后，几乎再也没有见到过母亲这么无助、这么柔弱地跟自己说过话。看来她是真着急了，仿佛天塌了半边，而她非得撑着这口气，否则天就全塌下来了。万紫不敢，她有很多不敢，不敢离开陈先旺，不敢再回到学校，更不敢去医院做手术，还有一个不敢，她怕跟母亲回到家里，她怕母亲责怪她，恨她，骂她。

妈妈扑通一声，就跪在了她的面前。她哭了，哭得撕心裂肺，地动山摇。

万紫也跪下去，跟她一起哭。陈先旺走了进来，不满地赶着围在门口看热闹的人："滚开滚开，他妈的没见过世面啊。"

他竟把这一对悲痛欲绝的母女叫做"世面"！他一开口就惹恼了万紫的母亲，她跳起来，死死揪住陈先旺的领子，将他顶在墙壁上。她的劲好大，几乎要掐得他出不了气了。她咬牙切齿地骂陈先旺："混蛋，流氓，恶棍，赔我女儿的大好前程。"

陈先旺伸出手抵挡着，却不敢使大力气。万紫哭着扑上去求妈妈放了陈先旺。

"我会把孩子生下来的。"她说，"我们已经在一起了，你说怎么办。"

万紫的母亲，这个时候，仿佛才第一次看到房间的双人床，还有黄旧旧的蚊帐。

她仔细看着女儿，万紫全身，穿得乱七八糟，头发也乱蓬蓬的。肚子高耸，脸上甚至有了斑点。这再也不是上海一流大学的女大学生了，她的未来，唉，她已经可以看到了。

这突然的看清和明白，给母亲的打击，似乎比听到万紫离开学校跟人同居更令她恐惧和绝望。多少年憋着那鼓气，就是让万紫总觉得她气鼓鼓的那股气，没有了。她整个人一瞬间，就仿佛被刀扎了一下，轰然瘫了。

她问万紫："你真的不肯听我的话？"

万紫说，是的，妈妈，等我生了孩子，再来看你。万紫已经哭得喘不过气了。

可是母亲说："不，我再也不要见到你了。从我走出这扇门之后，我们母女俩就是路人。我后悔为你付出这么多，吃了这么多苦。我只希望有一天，你能知道，你都做了些什么。"

三个月后，万紫生下了女儿陈乔茵。

半年后，她被电厂招工，当了一名技术员。她一直也没有再去看过母亲。但是舅舅告诉她，母亲回了资中，用积蓄开了一个烟店。

小生意，勉强糊口。她不跟人交往，几乎谁也不理，更不提女儿。实在有人要问，她就说自己是一个孤老婆子。

万紫手里抱着女儿，心里说不出的剧痛。

这个时候，她已经结了婚。而且也发现陈先旺并不像以前那样，能带给她勇气和快乐。就好像笑话一般，进入婚姻生活后，他之前的那些特质，成了恰恰相反的东西，他的无所事事，吹牛爱玩不管家，带给她的，只有悲哀烦恼和劳累。

她才二十岁，已经做了母亲。她一想起她自己，也是妈妈在她这个年龄生的，就为前途悲观起来。看着怀里小小的女儿，她开始怀念起读书的日子。她后悔了，如果当时，能听母亲的话，也许就好了。

如果她自己不够争气，女儿的未来，就会很惨淡。和当初母亲想的一样，她也想到了改变。

这一年，电厂开始转制，要和另一个大的发电厂合并。她见到了来谈判的两个年轻人，他们都是硕士毕业，在这个小小的工厂引起了一阵骚动。

万紫跟他们在一起工作了一段时间后，她下定决心，要考研究生。

可是当她把这个想法告诉陈先旺时，却招来陈先旺的一场大笑。他无法想象，一个拖着孩子的女人，大学都没读完，居然要考研究生。

他把这话当笑话拿到麻将桌上去讲，一边码牌一边嘴里叼着烟，眼睛眯起，躲避着烟熏。他的麻友们就说，陈先旺你得管好你的老婆哟，她看来是想要离开你啊。

陈先旺不满地拿下烟，啐口痰，说："屁，她能飞出我的掌心？"

万紫对他说："你支持我吧，我能走出去，找到更好的工作，也是帮助你。说不定我们的命运，都会发生改变。"

但陈先旺不觉得目前有什么不好，他在工厂里，还算是个小技工。休息的时候，可以和那些笑起来声音粗嘎嘎的女工们比赛摔跤。大家一个压住一个，体味到另样的快感。

"在这里挺好的，你也别胡思乱想。"

他喜欢游手好闲过日子，有十分力气，绝不使出五分来。

万紫复习了五年，三次考试失败后，她终于被北京的一所高校录取了。

"为什么要考研究生？"拿到录取通知书,她请客时,工友都这么问她。

虽然知道,她这样的选择很好很正确,可是他们还是忍不住要问。因为他们这话背后的潜台词是:"为什么我们不会这么做呢。"

万紫说:"因为读硕士可以公费。"

是的,那时本科已经开始收费了,而且一年比一年高。

这时厂里的情况也已奄奄一息,大量裁人。陈先旺也在名单之列,他领着胖胖的、走起路来像个小鸭子的乔茵,说有什么了不起,回老伙儿(父亲)家去就是。

是哟,他有赚大钱的叔叔,不怕。

万紫去北京上学前,专门去拜托了公婆。他们似乎已经看到这场婚姻的未来,对接手乔茵颇有怨词:"那是你控制不住自己,寻欢寻出来的结果,现在你不管了,就扔给我们了,负责不?"

万紫说,我不负责。我知道的。只要我毕了业,一定将她接到身边。求求你们,先帮我们带这几年。何况先旺也在她身边。

婆婆拿出纸笔:"那你先要写明,永远不许跟先旺离婚。"

万紫二话不说,就签了字。

她特意回了趟资中,母亲却不见她。多年做单身母亲,为谋生而惨烈的挣扎,还有万紫的背叛,让她对周围的人,尤其是亲情彻底失去了信心。她宁可给不相识的叫花子一碗饭,也不肯赊给邻居一分钱。她成了一个小气刻毒、怨气十足、心怀仇恨的老太婆。

她不相信万紫了,对谁她都不再信任了。

万紫研究生毕业后,又保送直接上了博士。博士读完后,她留在了北京,在一家外资技术公司,做业务主管。

这中间,她和陈先旺离了婚。不是她主动要求的,而是陈先旺找了一个年轻女人。他失去工作后,开了个小茶馆,顺便开着个彩票店。他依然是无所事事、万事不愁的老样子。生意那个女人照看着,两人也常打架。

离开成都九年后，万紫将乔茵接到了自己的身边。

这时，乔茵已经长成了一个十三四岁的少女。她身上那些毛毛刺刺的东西，开始出头了。她觉得谁都对不起她，尤其是母亲。她没有尽到一个做母亲的责任，所以现在她也不配管她。

她从小时候的不知所措，变成了疑惑，等到进入青少年，则成了愤怒。

她喜怒无常，不愿意跟万紫多说一句话。

近两年里，母女俩的交流一直也没有顺畅过。加上万紫工作繁忙，出差出国，都是家常便饭。去年，她突然发现乔茵常常逃学，还和几个孩子在一起，成立了一个摇滚乐团。

她想回家就回家，不回家的时候，万紫一点儿也不知道她去了哪里。

夜深人静，她坐在客厅里等着乔茵开门的声音。她仿佛看到，多年前，她对母亲所做的那一幕，就要发生在她自己的身上了。

第二章
海　面

乔茵身高一米六七，长长的头发，和万紫一样，皮肤白，眼睛大。她是个出众的小美女，这在她很小的时候，就能看出来了。十一岁的时候，她就开始在成都参加街舞比赛，在很多唱歌跳舞的孩子中间，颇有点小名气。

她并不想到北京来。但比她大不了几岁的继母，让她头疼不已。爷爷奶奶希望她回父亲家去住。他们有自己的生活，要旅游，要锻炼身体，他们不想这个年龄了，还要操心乔茵的一日三餐。突然有一天，奶奶说："你去找你妈妈吧，她稳定下来了，有了工作，买了房子，想要你过去跟她一起住。"

乔茵长这么大，还从没有离开过成都呢。她的心里涌上了不安和恐惧。

妈妈这些年，每年都会回来看她，也常常给她带很多东西：好看的衣服，MP4，新手机。她十三岁生日时，妈妈还买了一套芭比娃娃给她。

那时她早就不玩这个东西了，可是她没有拒绝。

父亲和爷爷奶奶，真的开始准备让她去母亲那里时，乔茵心里充满了愤怒。她不明白为什么自己总是被亲人抛弃，先是妈妈，后是父亲，现在爷爷奶奶也不喜欢她了。

这让她觉得自己没有什么价值。但她从不对任何人说出来，只是非常心灰意冷的时候，才会深刻地觉察到这一点。这个时候，她会感到非常悲凉。

万紫在乔茵的心目中，有点像一尊塑像，而不是妈妈。摸不着，看不透，也不能靠近去摸。

有那么几次，万紫从北京回来过寒暑假。她带乔茵一起去玩，公园、电影院、游乐场、商店，她握着乔茵的手，乔茵的手就一动也不敢动。她体味着母亲这陌生的手的温度。万紫的皮肤偏凉，再热的天，也是凉凉的。乔茵不习惯，直往后躲。

等她再大一点，万紫回到成都，就再也叫不动她了。去吃饭，去买好看的衣服，去买游戏机，通通打动不了她。她表情淡淡地，跟万紫打声招呼，就钻到自己房间里去了。等到万紫和陈先旺离了婚，除了看女儿，万紫再也没有更好的理由到陈家来了。

她也没法去资中，想到母亲那个样子，不如待在北京好了。那些年，她才三十出头，相貌不坏，性格虽然有点内向，但因为从小吃过苦头，却也知道做人要随和。

有男人追求她，答应好好照顾她。两个春节，她都是在北京过的。

年三十，她会给乔茵打个电话。电话通了，她叫着乔茵的名字，用欢快的语气冲她喊："乔茵啊，春节快乐！你在做什么啊。"

乔茵就说："看电视。"

万紫不能再像前几年，问她想妈妈吗？那时她的问句脱口而出，乔茵的回答也很爽快："想！"

但现在不行了，不知道什么时候开始，她问她这句话，乔茵一声也不吭。这坚硬的沉默，让万紫心凉如铁。她开始小心翼翼地选择词汇，跟女儿说话了。

即便这样，乔茵还是不跟她好好说话，万紫问一句，她才回答一句。口气中，这个妈妈其实完全是多余的、没有必要存在的，甚至耽误了她看电视节目。

万紫发誓，只要一安顿下来，她就一定要让孩子尽快到自己身边来，否则就太迟了。

她给乔茵上的是一所很好的私立学校。这也是为什么她会选择去外资公司工作，而不是留在高校或是科研单位的缘故。

可是收入高，也就意味着将非常的忙碌。要买房，要买车，要给孩子上好学校。她没有什么好弥补她的，除了更多的物质享受。这世界从来如此残酷，赚钱和亲情不可兼得，她再一次联想到了母亲的那些岁月。

从这个角度讲，她在走着和母亲并无差异的一条路。可是，比不上母亲的是，她扔下了孩子。

乔茵平时住校，周末回家。

只要她回到家里，万紫会尽量放下手头的所有活计，陪着乔茵。可惜乔茵并不需要，也不在乎她的牺牲。她不是躲进房间里看书，就是告诉她，和同学有约。然后，她关上洗手间的门，在镜子前打扮一会儿，就跑了出去。

万紫对这个女儿，有点拿捏不住。她不能教训她，最糟糕的是，她也不能跟她太亲昵。她们俩在一起最愉快的时候，就是共同看到一部好看的电影，两人的心里，都因一个感人的好故事，而泛起温情。空气中，有着往日没有的平和气氛，万紫给女儿倒杯水，她也会很自然地伸出手接下来。

可惜这样的时候并不多，因为"佳片有约"开始的时间，往往很迟了。乔茵不瞌睡，万紫也困了。

在万紫的心里，她只希望，能和女儿好好相处，即便没有很多的亲情，能彼此温暖也可以啊。

自从乔茵来到北京后，她每天晚上都睡得很踏实，这么多年的恐慌、寂寞、想念，终于有了安妥了，就像潮涌不断的海面，突然丝绸一般地平静了。

平静的海面下面，注定有惊涛骇浪。

两个月前，万紫接到乔茵学校老师的电话，问她乔茵的病好了没有，能否可以来上学了。

万紫接到这个电话时，正在办公室。手里放着几个项目的论证材料，桌上还有她和女儿的照片。听到老师这么说，她突然双手发抖，口干舌燥。她不知道乔茵多久没有上学了，也不知道将事实告诉老师，对乔茵是否够好。

她颤抖着声音说："好了，她很快就可以上学了。"

老师大概听出她声音有恙，在那头轻轻叫了一声："你还好吗？"

万紫没有说话，她大脑一片空白。孩子这段时间，如果不在学校，她在哪里？她已经来例假好多年了，她会因此而怀孕吗？

她坐不住了。好长时间，才意识到自己还拿着话筒。她对着电话，说了一声谢谢，那边传来一阵忙音。

她拨乔茵的手机，对方却是关机。乔茵曾对她说过，自己在学校时，

23

手机是关掉的。因为不能影响上课。现在她并不在学校，为什么还要关掉手机？

她发了一条短信给她，"尽快给我回个电话。"

怕她担心事情败露，做出什么别的蠢事来，她又加上一条："我病了，很难受，能否跟老师请假，回趟家？"

这一天已经是周四了。万紫发完这条短信，便将手里的资料，整理装包，匆匆开车回了家。她怕万紫很快就会回来。

晚饭时间悄悄过去了，万紫坐在沙发上，房间里安静得掉根针都能听见。天边在酝酿着黑夜，万紫的心七上八下，仿佛时间的黑幕也在一点点拉上她的心头。乔茵在哪里？她这些日子，住在什么地方？她身边会有男孩子吗？她为什么要这样骗她？为什么不愿意去学校？她以后要做什么，她又会做什么，她到底在想些什么？

尽管脑子里全是愤怒的问号，像一颗颗子弹，射向她的胸口。但万紫的外表，却反而更沉寂了。她仿佛被这些密集的子弹，逼到了促狭的阴暗的黑洞里，动弹不得。几个小时过去了，她一动也没有动，天终于黑了。

她也不开灯，仿佛生怕光线的明亮，冲散乔茵上楼的脚步声。

八点多，门口终于有了动静。乔茵在拿钥匙摸索着开门，万紫吁出了一口长长的气，心口突然疼了起来。如果心脏也有肌肉的话，就好像憋得太久，绷得太紧，现在放了下来，当然会疼。

乔茵走了进来，顺手打开灯。

她并不主动开口问万紫话，而是站在门边上，观察着她。万紫脸色肃穆，看着乔茵，她也不知道第一句说点什么才好。乔茵手里什么也没有拿，没有包，没有书本，只有一串钥匙。钥匙圈套在食指上，那样子，似乎在说，我只是回来看看你，马上就要走的。

她甚至不肯坐下来。

万紫只好站了起来。她告诉自己无数遍，千万别不耐烦，别发脾气，别说难听话，好好跟孩子谈一谈。人心都是肉长的，乔茵这个年龄了，该懂的事，她应该懂得了。

万紫说："乔茵，吃饭了吗，妈妈给你做点什么？"

乔茵冷冷地说："吃过了。你不用管我。你怎么了，看起来不像是生病。"

万紫已经走进了厨房。见到了乔茵，她才觉得自己也饿了。她一边烧水，准备下点鸡蛋挂面，一边说："不太舒服，想见见你。我下点面条，你陪我吃点好不好？"

乔茵犹豫着，踌躇片刻才说，好吧。

她开始换拖鞋，将钥匙放在茶几上，打开电视，调到音乐台，声音放得极大，房间里立刻充斥着黑眼豆豆的说唱音乐。她目不转睛地盯着电视屏幕，一副别打搅我的表情。

万紫用筷子，轻轻压着浮上水面的鸡蛋。她只想愤怒地大喊一声："关掉电视！"她感觉乔茵将声音开大，是故意的，就是不想跟她说话。但再照顾孩子的情绪，该谈的问题，是不是也要谈呢？难道，她还指望乔茵对她主动交代不成？

不行，她不能这么坐以待毙。够了，她也受够了。她受够了这孩子的懒散、冷漠、自私、任性。她丝毫也不明白牺牲意味着什么，就开始跳在她的头上，指责她抛弃她在先。

万紫也有自己的生活，谁说她这一辈子，就要为她乔茵活着了？何况，她做出这么大的努力，忍受着这么多年的孤独、寂寞、远离亲人的痛苦，还不是为了给女儿一个更好的未来？

她凭什么，就认定，是她对不起她呢？

她一把将煤气灶拧灭了。强忍着怒气，告诫自己，数三下，数三下，再去客厅里。一定要有个好的开始，这场谈话，才能继续下去。

一、二、三，一二三，一二三……

"乔茵，把电视关掉，我有话跟你说。"

她终于站在了客厅的当间，而且声音不高不低，正好合适。听不出在生气，但也绝不是随便说说。

乔茵看了她一眼，不情愿地举起遥控器，将声音关小了一点。万紫说："电视机关掉，我想跟你说个事。"

她在努力控制自己，可声音还是透出了不满的情绪。乔茵不高兴了，咔嚓，将电视关了，背靠在沙发上，双手抱在了胸前。

万紫拉一把椅子，坐在了乔茵的对面。她想看着她的眼睛，跟她说话。她离开乔茵来北京上学时，乔茵已经五岁了。她记得跟乔茵好好谈过一次，她告诉了乔茵很多，她的希望，她的未来，她必须要去做的事情。

因为要跟孩子分别，她哭了好几天。可是走的时候，又担心孩子会缠住她，她就骗她是去给她买吃的。

五岁的孩子，应该有点记忆了，那时她甚至庆幸自己考了这么多年才考取，孩子大了，到底能明白一些事情。那个时候，无论她说什么，都是抱着乔茵，看着她的眼睛。乔茵的眼睛很漂亮，比万紫年轻时还要好看。可是这双仿佛是从自己面孔上转移过去的眼睛，现在却变得陌生，冷酷了起来。万紫发现，乔茵躲闪着她的视线，她并不愿意跟她对视。万紫就说："乔茵，你知道妈妈要跟你说什么事了，对吧？"

乔茵当然知道，她怎么会不知道呢？接到万紫的短信时，她就知道自己逃学的事可能暴露了。因为她晓得，万紫真要生病了，她更不会告诉她，她会自己去看病，才不要耽误她上课，从学校将她叫回来呢。

她是想回来转一圈，赶紧找个借口，就溜。如果时间还早，她可以借口明天一早有考试，得回学校。如果晚了，她就说瞌睡，想睡觉，钻进自己房间好了。

她觉得万紫不会对她怎样的。她了解万紫的性格，她是那种一心要做好妈妈的女人。她有文化，有知识，和小市民妈妈不同。她不会跟她撕破脸的，不会骂她，更不会打她。

只是她们的交流，需要时间。总有一天，她会明白乔茵在想些什么。

真没有想到，这么一个她觉得无论如何也不会跟她较真的母亲，居然拉了把椅子，坐在了她的对面，眼睛盯着她问，知道她要说点什么吗。

乔茵不怕万紫疏忽她，但怕她会关心她。她盯着她的眼睛，则更是一件无法令人接受的事情。因为妈妈，也是一个既陌生又不能忽略的人。她对她内心的感情，有很多很多种，其中有一点留恋的原因，是因为在她心里存了那么多年的不满、给自己各种不良行为寻找的借口，都可以拿她来发泄。

她无赖地回答："不知道，那么多事，我不知道你要说哪一桩。"

万紫看出了乔茵的抵触，耐心地："这些天，你不在学校，都在什么地方？和什么人在一起？"

"朋友，同学。"乔茵做出一副无所谓的样子。万紫突然发现，她好像烫了头发，蓬蓬松松的，尾梢有大卷。

"什么样的朋友和同学，他们也不上学吗？你住在哪里呢？"

"不是告诉你了吗，朋友和同学那里。"

"他们都不上学吗？家里有大人吗？他们的家长怎么说？"

"有些上有些不上。我们在一起作音乐，住的那家，大人都不在国内，大房子就她一个人住，所以，我们可以住得下。"

乔茵说得如此自然，万紫不由倒吸一口凉气。什么叫有些上有些不上，什么又叫一起作音乐，还有，父母都不在国内，留一所空房子让孩子住？

这样的孩子，能住出什么好事来？

这天底下，怎么有这么多奇怪的事情？

再追着问，终于大概弄清楚了。提供大房子的是个女生，叫遥遥，是乔茵那个所谓乐队里鼓手的女朋友，鼓手叫邵飞，比乔茵小几个月。同住在一起的，还有乐队里的吉他手春儿，电贝斯手溜达。

万紫皱着眉头说："他们怎么叫这名，真名是什么？"

乔茵说："他们的艺名比真名更出名，你记住这个就行了。"

乔茵这个乐队，成立了小半年了。万紫一直用一种不去了解的态度对待它，因为她想，只要她不闻不问，或者说，更多的大人都像她这么不闻不问，这几个小屁孩子，自然就会灰溜溜地解散的。但现在看起来，似乎不问不行了。乔茵是主唱兼主创。万紫说："你们这里面，谁上学谁不上学？"

"溜达有学上，他在通县的一个影视学校学表演呢。春儿邵飞遥遥都和我一个学校，遥遥还去上课，但我们都不愿意去了。"

"为什么？"

"志不在此。"

乔茵说到这里，站起身来伸懒腰。她这是用肢体语言公然挑衅吗？告诉万紫，没有你这么大惊小怪的，我的人生志向早已选定，你不支持我，就别想挑我毛病！

乔茵刚成立乐队不久，就对万紫提出过，想去上艺术学校，学演唱或是表演。她喜欢这个。万紫学理工出身，简直无法想象家里会出这样的一个人。她认定这只是乔茵心血来潮的孩子气，过一阵，玩厌了，自然也就好了。

艺术那东西，是随便什么人都能学的吗？

单不说奋斗之路的诡秘和运气，就说那些大把大把的潜规则，她也不能让女儿去啊。

她没有理她。现在，这也成了乔茵逃学的理由——谁让你不让我去学唱歌的？

万紫压着心头火，看着理直气壮的乔茵在她面前做起伸展运动。她说："你笃定你能靠音乐吃饭？"

乔茵满不在乎的口气："那我也不笃定我能靠上学吃饭。"

万紫苦口婆心："音乐美术这些东西，当做爱好就很好了。年轻的时候，多试一些别的可能，做多一些选择才有意思。为什么只给自己一条路可走，而且是这么一条不靠谱的路？嗓子好，唱歌好的人，一抓一大把，就像抓沙子，能留下来的，有几粒？你到底有多坚强，有多少才华，年纪轻轻，给自己这样一条最艰难的路？听我说……"

乔茵打断："妈妈，我瞌睡了。你别说了，我要洗澡睡觉。"

说着，就去卧室取衣服。

万紫跟在后面，一把抓住乔茵的胳膊。用的力气大了点，乔茵夸张地叫了起来。

"你弄疼我了！"她喊道，"我只是想睡觉，你干吗？"

万紫刚松手，就看见乔茵眼泪汪汪。乔茵这是委屈，说不出的委屈。并不是真的被万紫抓疼了。她不喜欢这么被母亲追问，仿佛她做了多大的坏事。是的，她逃学了，可是她又没有吸毒抢劫和杀人，她只是在做她喜欢的事情。她要写歌，要练歌，还要处理乐队里的其他事情。她答应了几个小兄弟，只要找到钱，他们就会灌制一张唱片，拿到唱片公司去推销。唱片公司里的人，他们谁都不认识，但她一点也不害怕。她认定只要肯去做这件事，就一定能做到的。

在音乐里，她是一个勇敢、自在、快乐、有抱负的女孩子，可是一回到课堂上，她立刻就六神无主，昏昏欲睡。面对老师鄙薄的眼光，她还很自卑。因为她知道老师们都在怎么想她。他们和妈妈一样，认为她不务正业，游手好闲，对自己的未来，没有规划。想都不用想，就会知道，她今后一定会有一个失败的人生。

果真，听吧，妈妈已经开始说了："你总不想学你爸爸吧？他那样糊涂，那么对自己没有要求，看看现在……"

乔茵甩手："少拿爸爸说事，至少他对我，比你对我要好。"

这话，如一把锤子，重重打击到了万紫。她松了手，一时间连站也站不稳了。她扶住了头，身体摇晃起来，乔茵见她这个样子，不像是装的，再不扶一把，可能人都会倒在地上。她抱住了万紫，嘴里喊着："妈，你怎么了？你真的生病了吗？"

她扶着万紫向沙发上走去。万紫一头栽在上面，眼冒金星。一下午的呆坐，加上刚才的着急，她的脑袋里像是塞满了沉铅。她怎么也抬不起头来，同时感觉到思维混乱，不知道接着该说什么。

乔茵居然对她说，陈先旺对她比她对她好。

她是因为接受不了这句话，才轰然倒塌的吗？可是，这话只是乔茵在说她的感受，你万紫又有什么不能听的呢？她说她的，你听你的。自从你离开了女儿，你需要面对的解释，就实在是太多了。她难过，只是不愿意接受这个事实而已，可是想想女儿，那么多年，那么多重要的岁月，都是跟陈先旺一家在一起的，她说出这样的话，又有什么不对呢？她不是比你万紫，对此更有发言权吗？

可是万紫不愿意啊。她简直恨不得像林黛玉一样，一口吐出鲜血来，让苍天明鉴。她多少次，都忍不住要说说陈先旺和他父母的坏话，说说她自己的委屈。可是她全都憋回肚子了。她就是在为乔茵着想啊。

她不愿意让乔茵的心里，留下对亲人的不满，那会是一些人生的阴影，一旦留下，变成性格中的缺陷，就很难销蚀。

她不能告诉乔茵，多少个假期，每当她想带孩子单独出门几天，给自己和女儿一些时间相处时，陈家总是会冷嘲热讽地拒绝她。

她也不能告诉乔茵，多少次，乔茵读书上学买衣服，陈先旺赌输了钱，就打电话叫万紫出钱。万紫为了安抚陈先旺，从不敢对他父母讲这钱是她怎么省吃俭用省出来的。

她更不敢对乔茵讲，陈先旺有多么喜欢乱搞男女关系，在娶她这个年纪轻轻的小继母之前，还和多少个女人拉拉扯扯过。

在那些日子，她明知道陈先旺有问题，却不能说出自己的愤怒来。她生怕他们会把气撒在乔茵的身上，她睁一只眼闭一只眼，一心只想快点出头，把孩子接到自己身边来。

多少个日日夜夜，她都是喊着乔茵的名字入睡的。在北京近十年的时间里，她反复想过自己的人生，每一步，她都觉得后悔懊恼，唯独乔茵，让她充满了对上天的感激。

乔茵是她手心里的宝，比她自己的生命都要重要。她的一切努力，只因为有了乔茵，才有了意义。

可是乔茵说，她待她没有父亲待她更好。

她默默吞咽着口水，想让头疼能减轻一些。她终于想到该怎么对乔茵说了，她说，既然你更愿意听你爸爸，还有爷爷奶奶的话，那我们打电话给他们，让他们来说说，你不上学对不对，好吗？

不，乔茵又不傻，她怎么会不知道自己将迎来怎样的暴风骤雨。

她说："妈妈，你感觉好了吗，我去洗澡了。我实在是太困了。这事明天再说吧。"

她语气坚决，平和之中，又有些不屑。这让万紫意识到，这个女儿，实在是太不好控制了。她对自己的情绪，把握得当，甚至比她还要从容。她很会在危急关头搞平衡，而且她吃透了她，知道她不会对她做出什么要命的事情来。

乔茵去洗澡了。进浴室之前，还大声对万紫回了一句："你要嫌我多事，把我送回成都去吧。"

水哗哗地响着，传到客厅里来，万紫一片茫然，这一回合，她显然一败涂地。她怎么就说不通女儿呢，女儿怎么就敢一点也听不进去她的话呢？

她吃她的，喝她的，用她的，花她的，却比她还要理直气壮地收拾她？她要学音乐，就可以不上学？这么说，她逃学，还是她万紫逼的了？

问题出在哪里呢？

她苦思冥想，想找出一句话，让孩子哑口无言。然后，她就可以乘胜追击，让她明白自己做错了什么。

她听见乔茵出来了。听见她抄起了电话，声音很大，是给那个叫遥遥的女生打的："我今晚不回来了。明天？明天当然就回来了。"

万紫跳了起来。明天，明天她还要去遥遥那里？几个男生，几个女生住在一起？遥遥的父母，到底是干什么的？这几个孩子的家庭情况，又是怎样的？为什么没有大人管呢？

不行，她绝对不许乔茵再这样下去了。她得想办法，她不能让她想干什么就干什么，她把她这个妈妈，当做什么人了？

她追过去大声说了一句："明天在家给我好好待着，哪里也不能去！"

乔茵没有理她，转身进了房间。门嘭地一声，关上了。

万紫这才想起什么来，跑进厨房看，锅里的面条，早已经烂成了一堆。味道，都不是那个味了。

她一边铲起来往垃圾桶里倒，一边咬牙切齿地恨自己："让你没用，让你没用。"

她发誓，明天一天，非得把那几个孩子的情况搞清楚不可。所有的问题，就出在这搞不清楚上了——她以为学校能管住周一到周五，她可以管住周六到周日，可事实呢，从周一到周日，敢情她全蒙在鼓里哪！

这都是什么世道啊。

第三章
调 查

万紫睡不着。她悄悄溜进乔茵的房间，那孩子倒睡得四仰八叉，没心没肺。风吹起窗帘，借着月光看，乔茵真是漂亮，黑黑的长发，白净的皮肤，长长的眉毛，修长笔直的腿。她穿着吊带睡裙，被子踢到了床下面。万紫低下身子，默默地看着女儿。

　　她常对她这个样子，感到心悸，是怎么一回事，这孩子就长这么大了呢？她印象中，永远是她小时候的模样，胖乎乎，白白的，只要走在外面，总能吸引到路人的目光。那时她是个不平凡的小婴儿，现在，她要做个不平凡的小少女。

　　怕乔茵会一大早溜走，万紫没收了乔茵的钥匙。把门也反锁住了，然后把所有的钥匙，都压在自己的枕头下面。

　　她没有猜错。凌晨五点多，天刚有点亮，她就听见门锁在响。她一个激灵，彻底醒来，走出来，见乔茵正站在门边动锁头。

　　万紫说："今天你哪里也别去，先在家里。我需要调查一些情况，然后告诉你怎么办。"

　　她觉得她说得很在情理，乔茵也应该理解。毕竟她是她的母亲，对一个未成年人，她怎么可以放纵她想干什么就干什么呢？

　　可是乔茵说："凭啥？就凭你是我妈？"

　　万紫说："这还不够？"

　　母女俩立刻剑拔弩张，一副谁也不肯让谁的表情。经过昨晚，万紫想明白了，该坚持的，一定要坚持，否则就是害了乔茵。她还记得自己十九岁时做过的蠢事。如果当初，母亲看她看得紧一些，她也不会有那么一段可怕的岁月。

　　不能再让乔茵走上她的老路。

　　她理直气壮地对乔茵说："我是你的监护人，我要为你负责，你以后才不会恨我。"

　　乔茵见万紫来真的了，想到今天哪里也去不了了，而且，万紫还会到处去调查她的那些朋友，他们该怎么看她，多么丢脸啊。她的眼泪瞬间进出，歇斯底里地喊道："我恨你，我现在就开始恨你，我会恨你一辈子！"

　　她飞跑进自己的房间。万紫光脚站在地上，咬着嘴唇，半晌不语。

恨吧，恨吧，她心里说。总有一天，你会明白这一切的。

万紫洗脸刷牙，动作造出很大的声响。她是在用这声音告诉乔茵什么吗？是的，她在向她展示她的决心，她要告诉她，现在还不是九零后的年代，你别跟我来这套！

她进厨房做饭。这套房子，虽然不大，但也花了不少钱。她工作三五年的积蓄，几乎全都在这里了，而且还有几十万的贷款没还。厨房装修得最为仔细，那是因为她害怕"天下没有不散的筵席"吧。

鸡蛋，煎馒头片，果汁，她敲乔茵的门："出来吃饭。"

乔茵没有声息。

她不能求她，在这个时候，她必须心硬。她得坚持自己的立场，让乔茵明白，她不能这么不把母亲当回事。她还没有自立，没有赚钱养活自己，还不是个社会的人，哪里能想来就来，想走就走，随着自己的性子，选择未来呢？

乔茵不说话，万紫也不再理她。看着早间新闻，她自己吃饭。完了收拾包，拿好昨天带回家的资料，出门。不忘反锁上门，一道，两道！

锁门的时候，她听见乔茵从房间里冲了出来。她不为所动，快步下楼。发动车之前，她给乔茵的班主任发了一条短信，她告诉她说，她一会儿要来学校，有些事情，她想了解一下。

她没有看见乔茵站在窗口望她的模样，那和昨晚上万紫见到的睡梦中甜蜜无邪的少女，判若两人。乔茵气急败坏，满脸仇恨。她的拳头，捏得紧紧的，望着母亲远去的车，眼睛里要喷出火来。

乔茵的学校，离市区有一段距离。万紫上路选择的时间够早，可等到了学校，还是快九点了。路上她给自己办公室留了一个电话，推掉了部门一个早上的会议，让副手去张罗了。他们公司最近在考察几个重要的能源项目，如果能拿到风险投资，在市场上推广开来，会有不错的收益。

她一边告诉副手，她认为其中需要盯紧的几个技术问题，一边打着方向盘转弯。清晨的空气不错，一段林荫道干净整洁。有一个瞬间，她并不觉得自己是去解决多么棘手的事情，而是想到了和日常生活完全没有关系的东西，比方草原动物、北极圈、非洲大陆、西藏寺庙、辽阔的海边……什么时候，她可以无忧无虑地，做点自己喜欢做的事情？

乔茵的老师，已经在等着她了。

万紫开门见山，将乔茵昨晚讲的几个名字端出来，希望老师告诉她这几个孩子的情况。"有他们家长的电话吗？我想跟孩子的父母也联系一下。"

乔茵的老师说：电话都有，只是他们和乔茵情况似乎不同。春儿和邵飞的父母，都对孩子目前的状况持认同态度。春儿因为在准备出国，已经不怎么和乐队一起活动了。邵飞嘛，经常住在女朋友遥遥家里，这还是邵飞的父母告诉我的。至于溜达，这学期不在我们学校里读书了，好像去上了什么影视学校。

万紫听了这话，心里又是一紧。她意识到自己严重落伍了，对孩子的教育，原来并不是所有家长，都和她持相同的观点。老师同情地望着她，那意思很明显，你别自找苦吃了，这些孩子，无论做什么的，父母并不认为有什么不对。遥遥从十一岁开始，就自己在北京生活了，她的父母亲一直在南美做生意，每年回国一趟，就算是照顾她了。

"怎么办？"老师说，"你们乔茵的意思呢？"

万紫说："她说要去学艺术。"

老师说："这么大的孩子，好多人都会有类似的想法。但是很奇怪，我们在学校里鼓励他们乐队演出，给他们提供舞台，他们却不屑一顾，坚决不肯上台。"

万紫说："糊涂。"

她心里乱跳如麻。她在想到底怎么办。本以为到老师这里来，能找到点解决的办法，可现在看，似乎更没辙了。其他几个孩子，和她家的状况大不相同，她能否真有信心，联合起那几个家长，一起对孩子施加压力？

老师说，可能性不大。但也许，大家谈一谈，能找到新的解决办法？

老师是个四十出头的女人，短发，很干练。这么说着，自己也就活泛了起来，告诉万紫说，我给你他们的电话，你来约，我们一起去见他们。我也需要了解一些孩子的家庭情况。

说着，把春儿和邵飞家长的联系电话抄了下来，给了万紫。叮咛她，约好时间，一定告诉她，她下面两节有课，今天其他时间都空闲。自己也有车，只要约好地方，她就会开车过来。

万紫千谢万谢，开车回市区。等到公司，已经快中午了，她给家里拨了一个电话，占线，心想可能乔茵在打。过了十分钟再拨，还是占线。她便先给春儿的家长拨手机，接电话的是个女人。万紫清清嗓子，调整声音，尽量充满热情地："你是春儿的母亲吗？"

女人却很迟疑，先问："你是哪位？"

万紫赶紧自我介绍："我是春儿一个同学的妈妈，他们在一起玩乐队，我想跟你见一面，讲讲孩子的事情。"

"孩子怎么了？出什么事情了吗？"女人满腹怀疑，仿佛万紫绑架了春儿似的。

万紫耐着性子："孩子都很好，我只是觉得，他们常在一起，我想了解一点你们家春儿的情况。难道你不想了解他都交什么样的朋友吗？"

女人想了一想："孩子挺好的呀。"

还是不得要领，至少没有像万紫这么着急着想了解孩子的朋友情况。

万紫说："春儿最近没去上学，你知道吗？"

女人说："我知道，他在读预科学校，我们春儿是要出国的。"

万紫咬咬嘴唇，该死的，她实在没有话可说，只好在心里再次念叨了一遍：该死的！

"我想见见你，可以吗？我是陈乔茵的母亲，不会耽误你多少时间的，中午你有空吗？你在哪里，我去找你。"

女人推诿起来，先是说有事要办，后又说没什么重要的问题就算了吧。中间还假装信号不好，挂断了一次电话。无奈万紫死缠烂打，又拿出班主任老师做挡箭牌，硬是约定了时间。

但班主任老师却来电话，说来不了了，学校里出了点状况，她走不脱，只能拜托万紫自己去解决，如果有什么消息，希望她能告诉她。

万紫气呼呼地说："哼，你倒会推脱！"

上路之前，又给家里拨电话，这回乔茵接了。万紫知道她不爱听，快速说了两句，告诉她微波炉里把快餐热一热，自己吃。

不等乔茵回话，她先挂断了。

万紫约的地方，离她公司并不远，在一个小咖啡馆里，进去，看了半天，也没有一个合适岁数的女人。直到角落处一个女子站起来，冲她挥手，她才意识到，那是春儿的母亲。

这这这，也太年轻了吧。

最多二十七八，身材高挑，长发，漂亮，穿得蛮性感。万紫走过去，问她："春儿的妈妈？"

女人点头，有些尴尬地："继母，我是他的继母。"

万紫心一沉，难怪。她有点烦躁起来，跟一个继母，怎么谈呢？她比春儿大不了几岁，可想而知，他们平时会有什么样的交流。她问她："他父亲呢，不常在家呀？"

女人说："是呀，不常在家。他很忙，要赚钱。"

万紫不知道说什么，她问不出孩子亲生母亲的话来。

倒是这女人，主动说了起来，面带难色："这孩子，我不是很了解。想必你应该理解，他和他的母亲，倒是常联系，但他母亲很恨我。我，我是个第三者，跟他父亲好了好多年，后来害他父母离婚，他也挺恨我。我们基本没有什么交流。平时他也不爱回家，有同学能招待他住，其实我还挺高兴的。因为他爸爸很少回家，如果光是我们两个人，就很容易闹矛盾。他妈妈也结婚了，那男人不想见他，基本上他是不能进那个家的家门的。这孩子，脾气犟，也暴躁，估计也不逗继父喜欢。反正总之，情况就是这样。加上他平时很多时间，要去预科学校读书，这里大概就是挂个名，参加几门考试了，好歹弄张高中毕业证书吧。他爸爸说，给他足够的钱，就可以了。他喜欢做什么，就让他去做，反正是男孩子，又不存在吃亏不吃亏的问题。"

说到这里，她同情地看了万紫一眼："你的孩子，是个女孩？"

万紫吁出一口长气，什么话也说不出来。

比起去见乔茵的老师，她的心情更郁闷了。或者说，简直不是郁闷，而是痛苦。她没有见过春儿是什么样子，可是觉得那孩子，比乔茵可怜很多。

乔茵跟遥遥、春儿这些孩子混在一起，她是什么心理？她也觉得自己没人疼，没人爱的？

难道，万紫的所有努力和付出，·真的全是一场空？

和春儿的继母分手后，万紫站在马路边上，就直接给邵飞的父亲打电话。听声音一口京腔，万紫说了半天，他才明白她不是要找他告儿子的状。但是他不想见她，因为隔得太远了，跑一趟怪麻烦的。有什么事，电话里说不就得了。

能有什么大事呢，不就几个孩子，弄了个乐队吗？他把弄叫做"嫩"。

玩嘛，他大不咧咧地说，孩子不就是要玩中成长吗？这话他妈的是谁说的呀，我记得是个教育学家，不玩不成材。我就跟我儿子说，玩去（切），想玩什么玩什么，只要老子供得起你，随你便！

"他住在女朋友家，还不上学，您知道吗？"

"知道啊，怎么啦？我儿子我心里有数，他不是坏小子。"

说着，他不高兴了："这关你什么事啊？"

"我女儿也在那里。"万紫说，"他们是一个乐队的。我不放心，我觉得这么大孩子，这样脱离正常的成长轨道，不大合适，所以我很想和其他孩子的家长联合起来，一起对孩子们施加点压力。"

"嗨，您哪个朝代人啊？"对方嘲笑她："这都什么年代了，您老人家还这么老土。十几岁的孩子，什么不懂啊。知道大禹治水吗，要疏，不能去堵。您这老观念得改改了，他有了女朋友，我不许他们见面，他还得偷着见，搞不好还会做出什么糟糕事情来。我放开他，爱干什么干什么去，反而好了，我儿子跟我说了，他可没对那女孩子干什么。他们还小，才十四岁，能干什么啊。毛都没长全乎呢！"

他声音震耳欲聋，万紫把电话拿开一点儿，却发现身边路过的人都听见了最后那句话。

她说:"您真的不担心?"

"不担心,你的担心也是多余。现在上学有什么了不起,大学毕业,还不是一样找不到工作?他们要是愿意玩乐队,能靠这个吃饭,也不错啊。操那么多心干什么?玩不下去,自然就回教室去了。我说,您太老土了,也太跟不上时代了。听我的,啊,别管了,给孩子自由,就是最好的教育!"

说着,一声拜拜,挂了机。

被人一口一个您老,万紫一身冷汗,愣在了街心。

第四章
豹 人

上网时间长了，刘塞林就会觉得这十六年来的日子，全都在脑子里闪现。

所有经历重叠在一起，学校、同学、游戏、毛片、数学、妈妈的坏脾气、在线大厅、臭袜子、方便面、冬天的风、父亲酒醉后的表情……全都成了同一个故事的一部分。

他听到有人在叫他，一个很细嫩的声音，像是小孩，又不全是。他很奇怪地停下敲击键盘的双手，侧耳聆听。

家里静悄悄的，到处都是静悄悄的，连水龙头都关得很紧，冰箱也没有发出声音。他好像走进了童话世界，那些乱七八糟的记忆，都成了真假难辨的幻觉。

可是一个瞬间，一切又回到了现实，天峰十三狼并不会跑出来，他呢，还是一个人待在这个世界。

他在等"农夫三拳"上线，有时会觉得时间很慢。有时他会感觉到"鱼虫子"摸到了他的鼻子，提醒着他，他就在他的身边。他为"瞌睡龙"感到高兴，他的坚持和忠诚，给了他信心。

但是困倦袭来，思维开始捉弄他。他会在一两秒钟内睡着，很快就开始做梦。他没有听到门在响，但随后稍微的动静，就让他警觉起来。他意识到母亲回家了，看看时间，已经是半夜一点多了。

他觉得肚子饿了，走出书房，见母亲已经换了宽松的睡裙，正在冰箱前找冰淇淋吃。她看了他一眼，随口问道："饿了吗？来一点？"

刘塞林才不要吃冰淇淋，虽然他肚子确实饿了。他一边就着水龙头洗了把脸，一边思索，今天到底吃没吃饭？

不知道为什么，最近总是这样，吃没吃饭，或是睡没睡觉，这么简单的事，他却怎么也想不起来。

虽然天已不早了，可是母亲并不急着去睡觉，而是打开了电视。将她胖胖的粗腿，放在了茶几上。她对着屏幕，一边挖着冰淇淋，一边腾出手来，操纵遥控器。她调台的速度很快，刘塞林能感觉到屏幕在飞快地闪动。他也凑到冰箱跟前，拉开门，什么也没有，连一周前的黑麦面包都没有了。

是不是可以这么说，他今天其实是吃过东西了？

他甩搭着两腿，感觉浑身软绵绵的。他想下楼去买点吃的，可是又想，混过去算了。他不想出门，出门意味着麻烦，意味着啰嗦，还意味着会心烦意乱。二十四小时店就在小区门口，随时有茶叶蛋，有方便面。很多个晚上，如果妈妈没有回来，他都会去那里买吃的。有时候一买一大包。店员是个中年男人，总是用异样的眼光看他——为什么呢？是他不够成熟，还是他在这个年龄，太成熟了？

他想让妈妈替他想点办法，弄点吃的，虽然他们已经快两年没有怎么好好说过话了，可是他觉得今天她的表情，比较和气。大概在外面和男朋友玩得很开心吧，或者是，又赚了一笔可观的钱？

"妈。"他站在边上，叫了一声。

符拉拉眼睛盯着电视，在往嘴里送冰淇淋。她发出的声音，更像是通过鼻腔："唔。"

"我饿了。"

"唔。"

刘塞林一屁股坐在离母亲不远的沙发上。他跟母亲一样看着电视屏幕，他猜不出她在想什么，她怎么可以这样对他，如此冷漠，如此残酷。他内心的火在一点点向上冒，他看见她肥胖的小腿，从睡裙下面露出来。脚丫搭在茶几上，下面垫了几张报纸。她完全对他视若无睹，充耳不闻。

"我饿了。"他又说了一遍。说的时候，能感觉到内心很虚弱。他这是在干什么，难道想和她和好吗？她不是早就说了吗，从此两人，只当陌路之人。

"饿了好。"符拉拉的声音，就好像从梦境中传出来的一样。和他一样，她也像个空心人似的。她站起身来，冰淇淋吃完了，蹒跚着脚步，去厨房扔垃圾，洗手。

她画了眉毛，又粗又浓，在一张大大的胖脸上，颇有点怪异。刘塞林扑哧一声笑了，他伸出手指指她的脸，说："真够可笑的。"

符拉拉撕下一块卫生纸，擦着手。她并不接他的话，知道他无论说什么，都没有意义。一个网瘾者，有什么真实的情感呢？她看了他一眼，顺手拿起一本杂志，对他说："我去卧室了，你也早点休息吧。"

说着，进了主卧室，啪地，反锁了门。

刘塞林心里一沉。客厅的灯还亮着，说不出的刺眼。他黑下脸，浑身瘫在沙发里，腿，胳膊，眼皮，浑身上下，没有一个地方有力气。咔嗒，每次听到母亲反锁门的声音，他的胃就一阵痉挛，说不出的疼痛和难受。

两年前，他曾半夜闯进过母亲的卧室，拿切菜刀架在她的脖子上，向她要钱。从那以后，她就成了今天这个样子。她再也不管他了，上学还是不上学，她连问都不再问他一声了。她告诉他，就在家里上网，别去网吧了。

需要升级的钱，新的装备，她可以给他买。除此之外，一个月再给他一千五百块钱，权当伙食费。她很忙，一日三餐，他自己去解决好了。五十元一天，这标准不算低了——吃吧吃吧，玩吧玩吧，你愿意干什么就干什么好了。

刘塞林开始感觉很好，很自由，有种从身到灵，全都飘起来的幸福。但半年过去，母亲再也不过问他的任何大事小情，他又觉得自己像个狗一样地，被她抛弃了。

符拉拉说到做到，从那以后，每月会按时给刘塞林钱。除此之外，一句多余的话也不跟他说。更别提管他吃，管他喝了。

她每天睡到快中午时才起床，梳洗打扮之后，便去养生馆——她开着深圳最大的一家养生馆，里面足浴、按摩、刮痧、中医、经络，一应俱全。晚上十二点多能回来，就算是早的。大部分时间，凌晨三四点才能进家门。

"我们都解脱了。"有一次，当刘塞林央求她跟他说说话的时候，她这么说，"我再也不用操心你的前途，你呢，也不用为我的管制，而恨透了我。难道你还想回到曾经的岁月吗？难道你希望我继续管着你吗？难道你忍受得了没有网可上吗？"

她看他的眼神，是那样的疏远、拒绝，甚至还有仇恨，她还是他的母亲吗？望着她，他的心也硬冷了起来。是啊，他才不要被她管手管脚的呢，才不要坐在教室里，心里却无比痒痒的，想着去哪里玩游戏呢。

十四岁，他就懂得了人生是有选择，而选择都是需要付出代价的这个道理。他选择了这样混一天算一天，就得抛弃亲情友情和人们的好脸色。他不知道自己的未来在哪里，连妈妈都放弃他了，他又恨又得意，自己也不知道拿自己怎么办才好。

母亲每天晚上，反锁上卧室的门，都是防着他的。她不信任他，两年前，经过了无数痛苦的拉锯战后，他们彼此都说了很多伤人心的话。那些话，让他们再也拾不起母子之情了，就好像彼此之间，都把感情当成了一块布，任意撕得粉碎，再也无法缝补起来了。

那些碎片，残酷、血腥、臭气熏天：

她说："不如你死了我还好受一点，你为什么不去死啊。"

"只当我从来没有生过你，不要叫我妈！永远！永远！"

"我真后悔，当初生下你时掐死就好了！"

"你给我滚远一点，有多远滚多远，永远别让我再见到你！"

还有："跟你老子一样坏！"

"你去找你爹吧，让他带你去嫖，去赌，去杀人放火！"

而刘塞林呢，他也不是没对母亲说过至少和这些话一样杀人不眨眼的恶毒话：

"老婊子，去死！"

"你不是我妈，你是个不要脸的死肥猪。"

"你从来就没有爱过我，从来就没有，没有！"

"我恨你，我恨我是你的儿子，你为什么要生我！"

他是初一，十二岁时，迷上打游戏的吧。

最开始只是小玩，并不敢逃学。后来就开始包夜，开始没日没夜。这个过程发展得很快很快，他成了电视里常演的那种小孩。逃跑、偷钱、不上学、骗人——谁都骗，老师、同学、奶奶、爸爸，当然骗得最多的，是妈妈。

整整两年，母亲几乎放弃了生意，日日夜夜地盯着他。她很多次半夜三更地，还在街头四处找他，穿着两只左脚的鞋子；也有很多次，一大早就跟踪他出门，看他不去学校去哪里；他们在街头扭在一起打过架，她扇他的耳光，他就踢她的下身；她还坐在小区门口，像个村妇一样地大哭大嚷过，因为他抢了她的钱就跑了。

她也有过怀柔措施：

为玩得没黑没夜的他端来快餐；晚上陪着他睡觉，像小时候一样给他讲故事；提着书包陪他去上学；他想吃什么玩什么都给他买；带他假期出门去旅游；带他去教堂听牧师布道——尽管他们谁也不信教。

但是所有的、所有的，都只是基于他不要玩游戏，去网吧。一旦他重犯，立刻会是更猛烈的暴风骤雨。

他们像一对冤家，合合分分无数次，尤其他开始对她动刀子后，母亲放弃他了。

被亲人放弃，是一件很可悲的事情。

这点，刘塞林在体会自由的同时，也是知道的。他在这个世界上，除了网络游戏，再没有什么可以联系的人和事了。而网络游戏，只要关了电脑，就终归什么也不是。但是那些故事，不容易摆脱，甚至因为母亲对他的不理不睬，更不容易摆脱了。它们总是呼唤着他，因为只有跟它们在一起，他才是一个活生生的人。

渐渐地，他开始相信，这些游戏里的人物，在他身上认出了什么东西。那是一些新奇的、丰富的东西，是别人身上没有，别人也看不见，摸不着的东西。就像最近，一种奇怪的声音，总是在他的耳边响起，先是轻声，后来大声，越来越引人注意。

它们既是对现实的逃避，又是一种可以选择的现实。

有时候，隔绝两个世界的那堵墙，变得薄脆起来。两个世界，也就混杂到了一起。

他抗不过饿了，终于走下楼去。

他的腿轻飘飘的，大脑说不出的兴奋，还有烦躁。那个奇怪的声音又在耳边响了起来，好像是在叫他的名字，刘塞林，刘塞林，可他却听不出是男声还是女声。

天很黑，夜已深，路上行人很少。他伛偻着肩膀，摇晃着向小店走去。灯箱立在外面，照出周围的一小片亮地来。

刘塞林嘴里念念有词，说着自己也不清楚的什么话。他觉得这样说一说，似乎走起路来，才不会歪倒下去。他总觉得头重脚轻的，忍不住把自己想成游戏里亡灵的骨头，把迎面走过来的一个男人当成屠城的杀手。

他嘴里念叨着战术，脑子里自己和男人早已提着刀，分别跳到了半空中。在兴奋中，他一把推开了小店的玻璃门，动作之大，声音之响，让老板吃了一惊。中年男人正在看电视，店里除了一个正在找避孕套的年轻人，再无他人。

买吃的？

老板站起来，冲向他。

刘塞林很想让自己嘴里的念叨停下来，可他有点控制不住。他点了点头，眼睛依然直愣愣地。男人冲他喊了一嗓子："嗨，小伙子，要点啥。"

他刻意提高了声音，终于将刘塞林唤回到了眼前。

他对这个年轻人，打心眼里感到恐惧。他身上没有一点人气，不知道这是谁家的孩子，整天又在干着什么。他常常像个幽灵似地飘进来买点吃的，按理说幽灵不吃东西，可他妈的，他那么苍白着小脸，身上连点活人的味道都没有，还总是半夜三更才来买吃的，换作你会不这么想？

他一边看着刘塞林飘移不定的眼神，一边顺手抄起一个袋子，往里面装茶叶蛋："几个？还有面包，要不要？"

刘塞林点点头。他想这男人，说不定是个巫妖王。他有奇突的发型，而且看他的眼神，非常冷峭。刘塞林在心里假装对付着他，手却接过袋子来。付钱的时候，他甚至没有仔细看袋子里都有些什么东西。

怪的是，出了小店，他反而觉得不饿了。不仅不饿，因着这一路的"冒险"，甚至有说不出的兴奋和激动。他三步并做两步地，跑上了楼。

刘塞林坐在电脑前，重新开玩。他剥了两个茶叶蛋，囫囵吞枣地塞进嘴里。他决定再来一盘。在线大厅里依然人头攒动，他叫住了蓝贝贝。他们曾联手一起闯过关。他问，再来一盘？

　　蓝贝贝欣然同意。

　　他不知道这是个什么样的人，但估计和他差不多年龄，和他差不多情况吧。别人都喜欢问东问西，哪里人，多大了，上学吗，父母态度如何。他从不问，也不许别人问他。玩就玩，说那么多干什么。可是今晚上情况有些不同，因为总有奇怪的声音在叫他。他忍不住脱口而出，问这个蓝贝贝："你有没有上网时间长，产生幻听过？"

　　蓝贝贝发了一个鬼脸，说："别吓我。"

　　刘塞林无助地："不开玩笑，是真的。很诡秘，受不了。会不会法师在叫。"

　　蓝贝贝："哎，很有可能。猜猜看他想叫你做什么？"

　　刘塞林很少跟人聊游戏以外的事儿。蓝贝贝的这句话，有调侃有好奇，还有一点友好，这让刘塞林心里突然一悸。他仿佛感觉到一种日常生活的气息。这东西，已经离他很长很长时间了，长得他自己都要忘记味道、光线、触觉……任何能被唤醒的感觉了。他觉得自己就像一个外星人，正在学习着感知话语背后的人物心情。他小心地发过去一句："你是男的，还是女的？"

　　"女的。"

　　蓝贝贝的回答利索而坚决。紧接着，她立刻给他发来了照片。

　　果真是个女孩，看样子比刘塞林大不了多少，也小不了多少。头发短短的，还戴着根颜色艳丽的发箍。她的五官非常秀丽，眼睛不大，皮肤细腻，有种说不出的活泼调皮劲。

　　刘塞林吓了一跳。他已经很久没有见到这么真实鲜活的人了，甚至她的味道，似乎都能呼之欲出。他觉得这女孩子就好像跳到了他跟前一样，他奇怪地问她："你半夜为什么不睡觉，你妈妈爸爸呢？"

　　"他们不在我身边，我一个人自己过。"

　　她的回答，听不出悲伤或是别的什么情绪，就好像是在说，我的笔记本都是粉红色封皮的一样。

刘塞林那晚上，和蓝贝贝聊了很长时间的天。奇怪的是，他的幻听越来越清晰了。而叫着他名字的，正是一个年轻女孩子的声音。他幸福地想，这一定是魔幻世界的一种安排。他和她，注定是要走到一起的。

随后的几天，他一边和蓝贝贝玩游戏，一边大概知道了一些她的情况。她比他小一岁，住在北京，父母都在国外。平时住读，但经常不去。喜欢音乐，喜欢跳舞，喜欢吸烟，喜欢吃川菜，喜欢喝酸奶，喜欢穿热裤，喜欢换发型，喜欢看电视，喜欢玩电游。

你做我妹妹吧。

刘塞林央求着。他觉得他爱上了蓝贝贝，不是，不是那种爱情的爱。他还从来没有爱过什么女孩子呢。他并不喜欢早恋，而且也不想早恋。早恋有什么好的呀，爱得要死要活，最后还不是变成仇人？

他喜欢的感情，和谁的感情都不一样。兄弟姐妹，对，兄弟姐妹，他最渴望的其实就是这样的关系。他不想跟哪个女孩子，做男女朋友，因为那样一来，可能会很容易就闹别扭，可是如果他能有个心心相印，不让自己感到孤单的妹妹，不是很好吗？

让他没有想到的是，蓝贝贝立刻痛快地答应了："好啊，我也想有个哥哥呢。"

从那以后，刘塞林就开始给他和蓝贝贝设计起一款兄妹探险的游戏来。

在他的想象里，他和蓝贝贝住在一个很古老的森林的边缘。没有人敢真正地走进森林里去。

他穿着兽皮缝制的衣服，但是非常合身，衬托得他身材挺拔，腿特别的长。兽皮当然是豹子皮了，他一直喜欢豹子这种动物。很小的时候，他看动物世界，发现两头豹子，即便是在亲热的时候，彼此之间也是非常凶残的。这个镜头给他留下了很深的印象，豹子总是独来独往，昼伏夜出。这两年，他觉得自己越来越像豹子了。

而且豹子皮很轻巧，很好看，也够保暖。他是一个带着妹妹、在可怕的蛮荒和魔兽世界里生活的人，他当然需要一身漂亮的衣服。

没有人管理他的生活，可他还是让自己和妹妹生活得井井有条。他们住在屋顶有烟囱的小木屋里，到处都干干净净的。炉子暖烘烘地点着，还有一张软软的小床。天黑了，他们就头挨着头，睡在床上。篮子里有面包，有鸡蛋，还有很多苹果。石头墙面上，还得有悬挂的弓箭，和风干的肉，否则妹妹想吃肉了，怎么办呢？

每天早上，刘塞林都会早早起来。他警觉地拉开门，站在外面，看看天气，再向对面深不可测的森林看上一看。他和妹妹的食物，几乎全都来自森林，可是他也比谁都清楚地知道，不能向里面多走一步。

那里面有一种奇怪的动物，叫做豹人。有着豹子的头和身子，却可以像人一样站起来，还会说话。他们有时候会变成人的样子，钻出森林，骗人跟他走。等走到森林深处，他们就恢复成了一头吃人的豹子。

他们是豹群里的统治者。虽然平时各自活动各自的，但只要他们一声令下，所有的豹子都会跑出来，将人团团围住。他们喜欢吃新鲜的肉食，已经不知道有多少人就这么被他们骗去吃了。

以致这个森林边的小村庄，只剩下了刘塞林和蓝贝贝兄妹俩。

人越来越少，森林便开始蔓延，很多年过去了，森林将村庄已经快要吞没了。刘塞林得到一个上天的指示，只要他将豹人的头领杀掉，他就可以重新挽回这个村庄。而且，那些曾经被吃掉的人，包括他和蓝贝贝的父母，就都会回到他的身边来。

这个艰巨的任务，他必须在十八岁时完成。现在，他早已开始锻炼勇气和力量，也开始向森林里一点点走近。他希望能抓到一个豹人，至少，可以弄明白豹人的头领住在森林的哪个方向。

每天，当他出门去打猎，或是寻找豹人的踪迹时，妹妹蓝贝贝就在家里做饭、洗衣，有时候还采采蘑菇。她唱着欢快的歌曲，把锅子擦得锃亮。她有漂亮的面孔，可是头发已经很长了，披在身后，这就让她显得更美丽了。

她勤劳、善良、体贴、温柔。每当刘塞林出去打猎，她就会默默地替他担心。她给他缝好所有破的衣裳，也给自己缝很漂亮的衣裙。

她穿着白色的狐狸皮上衣，下面是条红色的狐狸皮小裙子，还有靴子。她的模样，标致极了，又轻盈又可爱。每次他远远地从森林返回家中，她总是急忙忙地跑出来迎接他。

他一天一天，将房子加固。在窗前屋后，都种了不少藤蔓。这样一来，就不容易被森林里的野兽发现了。他还请巫师为这房子作了魔法，如果一旦豹人来临，只要他们躲进屋子，豹人就一点儿也没有办法。

春天来临，万物复苏。刘塞林跟妹妹一起去森林里种苞米。他们总是需要一点粮食的不是吗？还有苹果树，开花的时候，也需要授粉。他们一步一步，小心地走向森林，小松鼠跳跃着从他们的身边跑过。

突然，他看见了一匹马，奇怪的孤马，正站在离他们不远的地方。这一发现，让刘塞林激动万分。他开始想捕获这匹马，如果有了它，他就可以向森林的更深处前进了。他伸出手指，在嘴里打呼哨，可是马却一扭身，立刻跑开了。

随后的几天里，刘塞林每天都会注意那匹马。终于有一天，他通过一个神奇的办法，弄到了一身盔甲。马见到盔甲，就将他当做了自己死去的主人，跑到了他的身边。从此以后，刘塞林在森林里，被其他动物们叫做了盔甲人。

玉米一天天在生长，盔甲人也开始了寻找豹人的活动。他走得已经够远了，可是还是没有见到任何一个豹人。只是森林里越来越黑，越来越暗。他担心自己会走不出来，留下妹妹一个人，太可怜。他就走了出来。

豹人啊，你们都在哪里？

眼看十八岁，也就要到尽头了。他的担心和恐惧越来越严重。连可爱的妹妹，都感觉到这一切。她脸上的红晕消失了，人也憔悴起来。

终于有一天，刘塞林从一群侏儒嘴里知道了一个秘密。原来，要真正地走进森林，找到豹人的故地，必须穿过一棵树才可以。这棵树和森林的树并没有任何区别，可是只要你靠近它，它就会变出一个门洞来。当你穿过去，就才算进入了真正的森林。

侏儒在这两个世界可以随意进出。但刘塞林要达到目的，必须回答对他们刁钻古怪的问题。

这个消息让刘塞林又怕又惧，果真，没两天，他担心的事就发生了。妹妹采蘑菇，遇到了那棵树，她走进那个洞，从此就消失了。

刘塞林知道这一切都是怎么发生的。他在森林里到处飞奔，寻找那棵树。他要救出蓝贝贝来，他不能让豹人将妹妹吃掉。他大声喊着："你在哪里，你在哪里，快跑啊跑啊跑啊……"

不知道喊了多久，他睡着了。

第五章
快活

"干不干？"符拉拉没好气地问着站在她眼前、比她高两个头的小伙子，"爱干就干，不爱干就滚人。"

她在公司就是这么说话，上至副总经理，下至按摩的技师，或是保安。听我的，就在这里留下来，有钱拿，有饭吃，年终还能有奖金。不听，或是想造次，滚吧。哪里有那么多废话可说呢。这里是私人公司，打拼十二年，我出的钱，一没贷款，二没欠账，做个主，居然还有人要反对？

有天理没有？

符拉拉骂完了人，气咻咻地一头钻进她的办公室，鞋子一脱，两脚伸上了大办公桌。"妈的。"她余气未消，一个毛头小子，伺候客人不得力，还来跟她讲理——哼，想干什么，要我理解你？

我连儿子都没有心情理解，理解你们这些个败家子！

在深圳，符拉拉好歹也是个举足轻重的款婆，特别是随着近年来人们对健康和中医的重视，她的养生馆越办越火。

二十年前，她从东北来到深圳，最开始只是开间小小的美容院，一步一步走到今天，每一步都仿佛是浴火重生。

多少当年一起开始创业的人，死在了半路上，或是灰溜溜地回了老家，她能屹立不倒，而且越做越大，总有她的原因吧。

唯一麻烦的，是儿子。

离婚都不算什么麻烦，在这个鬼地方，离婚真的没人当回事。

老公是做建材的。他们一开始就各干各的，经济上并没有什么交集。反倒是他这些年起起落落，东一榔头，西一锄头，又去搞房地产，又做酒店，情况渐渐还不如她——前段时间，甚至觍着老脸，求她借给他千把万。

当然，被她毫不客气地骂走了：你算老几？傻货！骂你怎的了？老娘我本来也没想骂你，谁叫你找上门来！

奇怪的是，她骂了他，却并没有感到有多么快活——是的，她符拉拉从来不说快乐，只说快活。快乐算什么，哪里有快活来得逼真自然，快乐是伪君子，快活才是真要命。她想她之所以不大快活，可能是因为已经完全不在乎那个傻货了。

刚离婚的那两年，不是这样。她恨啊，依她这么刚烈的性格，没有提刀去将那傻货的家伙剁了，已是忍到无法再忍。傻货在外面嫖，回来将性病传染给了她。她去医院，医生嘎嘣脆地教唆她："去，回去把你老公的家伙给剁了！"

她当然想剁啊，可那傻货，自知理亏，不知道藏到哪个小婊子家里去了。他包养了四五个女人，还要在外面和妓女风流。符拉拉只好当他是坨屎，恨自己怎么会看上这么个臭男人。离婚，妈的离婚。儿子的抚养费，你给我一次付清，从此一刀两断，谁也不再认识谁。见儿子？你还想见儿子，你就不怕你把他教坏喽？

傻货这会儿不傻了，坚决不肯一次付清，理由是儿子也有他的一半，他想什么时候见就什么时候见。至少，钱不付清，儿子每月来一次，他总能见一面不是？

符拉拉说："打什么如意算盘呢！好了，不要你一分钱，给我滚人！"

女人要活得顶天立地、理直气壮，只能靠经济说话。这话成了符拉拉的至理名言。

妇联常组织女企业家们开座谈会，有时候还去学校，给年轻的女大学生们讲讲自己的奋斗经历。符拉拉每次都以这句话做开场白："要有钱啊，同学们，咱们女人，有钱才是硬道理，其他的什么感情、婚姻、地久天长、儿女情长，狗屁都不是！"

她挥舞着胖胖的手掌，做着坚决贯彻的手势。胖脸上表情凝重，充满了急切的希望、一心一意为她人着想的焦虑。

可是二十出头的女孩子，对这话完全无法感同身受，也不认同。怎么这么庸俗呢，怎么这么没有人情味呢，怎么听上去有点悍妇的感觉呢？难道，赚了那么多钱，经历了那么多风风雨雨，最后的下场竟是不相信爱情，不相信婚姻，不相信眼泪了？

那还是女人吗？

如果经济独立，换来的是这样的结果的话，我说姐妹们，你们真的愿意吗？

不，不愿意。没有几个女孩子真能认同符拉拉。不行，她太没说服力了，她不美好，也不相信美好的世界。她只宣扬金钱万能，甚至为此放弃女人理应追求的东西。

妇联的同志，也感觉到了什么。她们将这些女企业家请进校园，可不是为了让女同学们变成激进的女权主义者，我们要真善忍，啊，不不不，真善美。女人嘛，感情的动物，哪里真的离得开男人呢。

而且你想啊，要是女同学们都只信奉赚钱有理、恋爱无耻的话，那么多青春年华的男生们，还不闹事啊？

不，我们要维护稳定，讲求和谐。我们要尊重千百年来人类美好感情的结晶。虽然有钱很重要，对，符总，你说得没错，我们呢，年龄越大，也就越是明白钱才是好东西、才能陪你白头到老。可是她们还年轻，她们还要经历一些风雨，还要吃一些亏，还需要在情感的路上锻炼锻炼、尝点痛苦，还是让她们去摸爬滚打一番吧。等下次，咱们能不能这样开头：同学们，在你们如花似玉、青春骄人的年岁，能不能在享受爱情、鲜花、友情之余，对自己的人生做一点理智的规划？

这样讲为什么好听呢？因为比较柔软，更春风化雨，更容易深入人心。而且，你一开始便将自己内心柔美的那一面展示在了这些女孩子面前，这就让她们能有一个比较高的认同度。

符拉拉把这句话写下来，再下一次进校园，她坐在主席台上，对着话筒咳嗽了两声后，说："同学们，在你们如花似玉、青春骄人的岁月，是否想到过，有钱才是硬道理，其他的什么感情、婚姻、地久天长、儿女情长，狗屁都不是！"

她还是说错了，还是情不自禁了，还是忍不住要掏心挖肺了。妇联的同志宽容地笑了，笑容感染了场下的女同学们，大家看着符拉拉，一起发出了原谅的、同情的笑声。

说老实话，符拉拉看不上那些年纪轻轻的小妖精们。她们懂什么啊，吃苦头的日子还在后面呢。别看现在蹦得欢，小心日后拉清单。

总有一天，那些小妖精们，会明白她话里的真正含义。她们会点着头，心有戚戚地说："当初我早干吗去了，要是我能早醒悟十年，现在一定跑到多少人前头去了。"

算了，就她们那态度，该吃的苦头，该经历的难处，九九八十一，一个都不能少！

符拉拉现在算是想开了，各个方面，全面想开。婚姻、子女、事业、情感，什么都不再会让她一败涂地，气急败坏了。不信？那就让暴风雨来得更猛烈些吧，看看谁能打倒我！

当然，她再也不谈恋爱了。不谈那种她占不了主动地位，无法掌握主动权的恋爱。

她并不相信哪个男人会真的爱她，无条件地、打心眼里地爱她。爱是什么，首先得愉悦是不是？她能给人以愉悦吗？到了这个年龄，无论男女，在外表上，都已经没有什么好说的了。即便特能折腾的，还不是一眼就能看出是垂死的挣扎？她做过美容院，做过养生，她比谁不懂呢？那些个女人肚子里藏的小九九，她都清楚。说穿了，就是瞎折腾！

儿子都会翻脸不认人，只拿她当供应钞票的机器，青梅竹马的老公都会说走就走，何况一个不相干的外人！

她不谈恋爱，只谈合同。

她的合同里这么写，甲方为乙方提供吃住并日常开销，乙方服务期限，至少需满三年，如乙方提前解约，没有任何赔偿。如乙方同时和第三家有业务联系，甲方立即中断合同，并有追讨赔偿的权利。续约则需要看当事者双方需要，再议。

她是甲方，许东是乙方。所谓业务，说直接点就是性关系。说委婉点，则是情人关系。虽然有伤风化，但有益健康不是？

符拉拉干脆利落，说到做到。每个月，她都会给许东的账上打去一万块钱，平时还不少给他买这买那。

在离她家不远的小区，她给许东租了套两室一厅的房子。每天晚上回家前，她都会去那里待几个小时，有时候累了，索性就不回家了。

许东这孩子，怎么说呢，符拉拉懒得去研究他，也懒得想他脑子里是怎么想她的。她认定他就是个懦夫，游手好闲的没出息货。想靠女人吃饭，又不愿付出辛苦。他上了一个破大专，仗着人帅，还没毕业，刚十九岁，就被相关人员拉下了水，在娱乐城里做服务生。有女人给钱，愿意包养他，他就跟着那些个女人去混一段时间。

到现在，以此为主要职业，转眼已十年。

像符拉拉这样的女人之间，类似的货色，是会互相通报的。

许东就是一个女朋友介绍给符拉拉的。那个女友和她一样，也是单身女，也是做生意的。业余生活怎么打发，她们一般会这么开头——喝早茶？当然当然，但那是女人和女人的。四十出头的女人，又不算很老，使劲打扮打扮，还能看出是女人。如果经济再足够宽裕，就不仅仅像女人，还像男人了呢！

那万事不恐惧的气派，那飞扬跋扈的精神头儿，那说一不二的威严，那不拖泥带水的口气，说是喝早茶，更像是真人秀、表演唱，全大厅的人，眼睛都往她们身上溜呢。

名牌包，名牌鞋，名牌手表，打电话时，背向后仰，头也仰起来。和一般女人就是不一样。一般女人什么样？四十岁，要么洗尽铅华、低眉顺眼，美其名曰要修身养性了，说起话来，小心、低沉、不敢东张西望；要么鸡毛蒜皮、自我显摆，美其名曰活明白了，举手投足，不是挖苦，就是算计；还有一种，神思恍惚，心不在焉，脑子身子，似乎都不够用，过一天算一天，一看就是智商情商都受了损失的。

有钱才是硬道理。符拉拉忍不住又得这么说。

女人啊，到了四十岁，还没有一份自己的事业，还得为吃口饭而辛苦、而挣扎、而受人管制，这怎么能活得俏丽、活得独立、活得有力啊——俗称"三立（力）"？想到这里，她赶紧提醒自己，等吃完早茶，得找个本子拿笔记下来，下次再有演讲的机会，要讲出来。

瞧，一方面，她在完善着自己的人生理论。另一方面，也在努力实践着它们。包养一个小伙子做二爷，就是实践之一。

女朋友将她的电话给了许东。许东那段时间，估计正是闲着。他给她主动来的电话，叫她符姐："符姐，想请你喝茶哦，有时间吗？"

符拉拉听他的声音，一点也不喜欢。太软绵了，太甜腻了，吃这碗饭的男人，怎么可以这样！她恨不得将电话直接扔了。

真没想到，见到真人，符拉拉却喜欢得不得了。小伙子真是一表人才，而且身上一点也没有让人觉得不舒服的地方，看起来比街上走的任何一个男孩子都干净、健康、阳光、有型，比起他的实际年龄，也要年轻很多。她甚至突然想到儿子，想到刘塞林是那么的萎靡不振，未老先衰。他妈的，他怎么简直连个鸭子都不如呢！

对儿子的恨和失望，无形中又长出一截。这让她即便喜欢许东，也不想给他什么好声气，仿佛他的帅，是从儿子身上剥夺来的。就好像吸血鬼一样，许东是吸了儿子的精气，才成了这样。

她让他伸出手指来看看。她想看看他的身体如何，这样的男人，做到一定时间，就会染上坏毛病的吧。

许东有点不太高兴，但他是打工的，又能怎样。他只好伸出手，一边跟符拉拉套近乎："符姐是想帮我看手相吗？"

符拉拉白了他一眼，讽刺道："那你给我钱不呢？"

小伙子知趣地闭了嘴。符拉拉看到指甲很干净，颜色也红润，就从包里拿出早已经打好的合同来，推到他的跟前。她绝对相信，自己给他的待遇，是足够好的，不仅有房，而且有月薪，平时穿的用的，她都可以包了。她认定他不敢拒绝，而且，她的合同，也绝对专业，她是专门请教过律师的啊，怕的就是节外生枝，事后他还会找她的麻烦。

"什么叫意外状况？"

许东看不懂合同里的一些词语，问符拉拉。符拉拉点起支烟，不动声色地："比方做爱的时候，突然挂了。"

到底年轻，许东额头上顿时冒出汗来。"还会有这样的意外状况？"他解嘲地笑笑，"我没心脏病，符姐你呢？"

符拉拉摇头："我也没事，但保险一点才好是不是？经济问题上先说好，才不会影响日后的交流。"

许东伸出大拇指，夸她："姐姐真是女中豪杰，一点马虎也来不得。"

合同签了，符拉拉又说："你明天有时间吗？跟我去趟医院。"

口气是命令的，并没有什么回旋的余地。许东问她："干什么？"

"检查身体。"符拉拉说，"我们双方都做一个身体检查，算是合同的附件。"

许东能愿意吗？当然不愿意。这并不是说符拉拉做得有什么不对的地方，而是没有人会这么赤裸裸地，将这样的交易当做交易来做。即便是买卖，也要在上面蒙层友好的面纱是不是？

他可以不做吗？他很想不做，再等等，也许能等到另一单好生意。但闲着，不也是闲着吗？他一样要努力赚钱，他也一样有远大的理想。

他的理想是开一个伴游公司，专门为收入高的女白领们提供出国伴游服务：冲浪、滑雪、按摩、看歌剧、介绍美食……

他需要的东西还有很多，每天健身、考察设备、资金、人员、培训、广告、宣传、项目策划、当地餐饮娱乐场所的关系……不做小的，只做大的，要做就做到最浪漫。这将会是他的公司服务口号。

当许东用科学、发展的眼光来看待自己的这项工作时，当然就很难接受符拉拉这样对待他了。

可是他又能怎样呢？难道他可以说："收起你的臭钱吧，大爷我卖艺不卖身？"

哈！

两个人坐在车上，向医院开去时，谁都不多说一句话。符拉拉知道许东在想什么，她知道他对此很不爽。可那又怎样，她也不爽！

一大把年纪了，为了一点性生活，出钱又出力，还要免费给人家检查身体，她才是做了什么孽哟！

两人去拿检查身体的表，符拉拉专门为许东加一项目，泌尿科。

连医生都抬起头来，仔细看他们两眼。

许东脸皮再厚，也受不了了。他拿着自己的单子，将符拉拉叫到一边，特认真地问她："符姐，你觉得这样有意思吗？"

符拉拉板着脸，可她并不像许东以为的那么理直气壮，那么气吞山河。做这个，她也是第一次。她也害怕，也胆怯，也心里没底啊。这玩意儿，并不是光有钱就能说明一切的。

她想起自己去找律师，也是吭哧半天，才把事情大致说明白。幸好律师是老朋友，而且人家见多识广，见她难受，赶紧安慰："比你这更不靠谱的合同，我都帮着拟订过很多呢。你这算什么啊，挺好的挺好的，对他人负责，更对自己负责嘛。现代人，就要这样。"

想到这里，她就搬出了律师的话给许东："我这是对你负责，当然也是对自己负责。大家都是现代人，应该可以理解的，是吧？"

许东鼻子里出气，说："那这泌尿科，是咋回事？"

符拉拉心想，这孩子真不懂事。她说："我这里不也有妇科呢吗？你要做就做，哪里来那么多啰嗦！"

她飞扬跋扈的劲又上来了，要干就干，不干就给我滚！我连儿子都懒得交流，何况跟你们这些家伙。

不过在医院里，人那么多，她没有说出来，只是用眼神表达了这个意思。许东不睬她了，拿着表就走，扔下一句话给她："反正你是老板。"

明白就好。她气呼呼地说。

开始那么的不顺利，但没有想到，两人之后的相处，却十分融洽。

许东做这行，性格中自然会有讨女人喜欢的一面，而符拉拉，并不纠缠男女之情，不多需要殷勤或是巴结，反而有种自在的洒脱在里面。

她从不多问许东背着她在做什么，反正别一仆二主就可以。至于他会不会跟别的年轻女孩子来往，她是能想明白的，即便他真的有，她又能怎样。她对他的唯一要求，就是别去别的老女人那里拿工钱。至于业余时间，再做什么，她才懒得管呢。

但她一定要享受一个特权，那就是一周会抽两天，带着许东去逛逛街，给他买点什么。

关于这个，许东是不愿意的。不仅许东不愿意，很多像她一样的女老板也未必愿意。大庭广众地，领着小白脸逛大街，买东西，丢人不？

女人嘛，在潜意识里，无论多老，都还是希望有男人给自己花钱，谁真的就乐意对男人说，要啥，尽管开口，姐给你刷卡了？

可偏偏她就愿意说，说的时候，心里有种说不出的滋味，又痛又快。这就是传说中的痛并快乐着吧？

许东向她作揖求饶："符姐你饶了我吧，给我卡，我来自己买好不好？"

符拉拉说："那怎么行，你是我的人，穿什么用什么，至少还得合我的胃口是不是？"

她就是这么混账，混账透了，连她自己都忍不住要骂自己混账。

可是许东渐渐习惯了，也无所谓了，跟着她屁股后面转，可以，可是一连四五次，他什么都不要。要，就是手表，名贵手表。好几万，符拉拉不干。

许东就说："那你帮我攒着，你记在心里，我生日时，你帮我买吧。"

符拉拉知道他那点心眼，还想整小金库了？她这么在心里鄙视着他，想得美。

这真不是滋味，一方面瞧不起这个男人，每个月给他账户上打钱的时候，心里还特别地不情愿。可另一方面，却又觉得离不开，贪恋着他的身体，有时候坐在办公室，提上包就去许东那里了。

温存过后，两人也会讲点心里话。

符拉拉有次问许东："你想过干点什么正经事没有？"

许东就说出他的理想。他说他为了开这个公司，已经攒了很多钱了，但还远远不够。为此他不买房，不买车，只是苦练技艺。如果符拉拉有商业眼光，应该跟他一起做合伙人，你想啊，你做养生馆，我做交游馆，我们的客源，其实还是有相似之处的。等养好身体，下一步，就问她们是否需要游伴陪同出国，好景好人，浪漫一番，也不枉滚滚红尘走一遭对不对？

符拉拉一把打开他的手，嘲笑道："还滚滚红尘走一遭呢，小样吧你。这玩意也太冒险了吧，怎么可能当正经生意来做，而地下生意，永远风险够大。我这个年龄了，早已不想冒什么风险了，还是你自己去做吧。"

许东一倒身，朝床上躺下去。眼睛望着天花板，在打如意算盘。嘴里念叨："我首先需要招兵买马，尤其在旅游旺季，能派出足够多的人。做几年，我也不想再做了。找个女人，好好结婚成家才是正经。我要给这些人做培训，培训要花不少钱的，至少目前开通的线路，都需要跑一遍，了解清楚当地好玩，好吃，好喝的……"

符拉拉打断他："那你找导游最合适。"

"重要是要帅，要漂亮。身高、体重、面相、都要达标。我想如果要开，就开一家特别高档的。专做高端人士、女商人、女演员、女政府官员、女企业家……"

符拉拉大笑，问："一次多少钱呢？"

许东说："那可就高了，和现在我这样小打小闹肯定不同。抛开食宿路费，服务费，至少也要五万。公司和员工对半开。其实这并不算多，因为你想啊，一个月，能做一单，也就不错了。"

符拉拉说："还真不算多。"

她觉得许东这人，混账劲，厚颜无耻劲，心狠手辣劲，还真是跟她有的一比。她也会问他："你做这些，父母知道吗？"

许东说："我是上不着天，下不着地，自由自在，一人吃饱，全家不愁。"

"石头里蹦出来的？"

"差不多吧。"许东不爱讲自己的父母，看表情，很是萧索。符拉拉说："我劝你存够了钱，好好开个店，比什么都强。干吗非要干那个，专职拉皮条？有瘾，还是怎的？"

许东冲她赖皮地笑笑。不说。

人各有志，符拉拉想。自己当初开美容院，不也多少风言风语。而且，也并不能真的就杜绝色情活动。这年头，什么和色情没关系啊？餐饮物流，书店音像，哪样不跟色情挂上钩？

她不说他了。许东却主动问起来："符姐，你没有孩子啊？"

符拉拉从不在许东面前讲自己的事情，婚姻、孩子、住地、公司。她给他的手机号码，都是专门为他整的，连自己的名字，除了姓，都没有告诉他。害人之心不可有，防人之心不可无，对不对？像许东这样的，身世可疑，交往广泛，别说他会把她的情况散布到社会上去，就是约几个狐朋狗友，敲诈她一下，或是将刘塞林绑架一下，她也受不了啊。

在外面混这么多年，他以为她是吃素的吗？

她说："怎么会没有孩子，在内地。深圳我和你一样，一人吃饱，全家不愁。"

"为什么放在内地？多大了孩子，这么离开母亲，对孩子成长不利啊。"

符拉拉说："会有什么不利？十几岁的孩子了，给够钱，不缺吃不缺喝，就算尽到义务了。"

许东严肃地坐起来："真的，你真这么想？"

"是啊。"符拉拉向上拉拉被子。她不喜欢被许东这么居高临下地看着自己，脸上的皱纹会不会特别多，肩头上是否有赘肉。还有，她的脖子，一定松松的。她拉被子，把自己盖紧。

许东说："符姐，不是我说你，你不能这样做。孩子毕竟是孩子，你得付出做母亲的爱来。你看我，我就是一个反面教材，从小父母不和，他们谁也不乐意关心我，除了给点钱，多一句话都不肯跟我多说。我就成今天这个样子了。符姐，你想让你儿子做我这行吗？"

最后那句话，有挑衅，也有玩笑的成分了。符拉拉抓起枕头，冲许东扔过去："你他妈的还真能想啊。难怪你父母不理你。"

许东一定是将自己的一切，都在脑子想过千回百遍，而且也都消化干净了。他一点也不觉得符拉拉这话有什么冒犯。他嬉皮笑脸地说："他们不理我，是帮了我。你不理你儿子，可是害了他。"

符拉拉不说话，心里很沉重。她其实知道，许东这话是说到她的痛处了。

她放弃了儿子，她自己也知道，她并不是一个称职的母亲。不再过问刘塞林的一切，是因为她没有办法了，所以逃避了。

　　她在工作人事上，都不是一个逃避的人。跟任何人打交道，她都会强硬到底，或是抗争到底，可是儿子，她却没有办法了。想到这个，她辛酸落泪。

　　她想，对他最好的办法，就是多多赚钱，等他有一天，想开始好好做人的时候，再把这份家业给他，那时他应该会懂得她这个做母亲的心吧。

　　但许东的话，还是在她的心里留下了什么。

　　再一天，回到家里，她忍不住跟儿子多说了几句话。可是也许时机不对，或者他们之间仍然水火不容，儿子忙着打游戏，根本连她是否进了家门，都不知道。

　　她又生气了，而且这气，一浪凶过一浪，比之前对他不管不问，心情更为败坏："白眼狼，坏小子，最好死在电脑上吧！"

　　她恶狠狠地咒着，躺在床上，想起许东说的话，别看十来岁的男生，个头外表都成熟了，可心智还是孩子。

　　孩子？她想到自己，出身于军人家庭，父母常年在外，工作没有个正点。十一岁时，她就挂着钥匙，开始管两个弟弟的吃喝拉撒了。

　　孩子！是孩子没错，可孩子也分好坏，也分有用还是没用！

　　刘塞林，你要是没我这个妈，你会连许东都不如。他好歹还有一副好皮囊，你有什么，啊呸！

第六章
妈 妈

雨水倾泻在老城区破旧的幢幢建筑物的砖壁上,在一个个下水道口泛起泡沫。哗啦啦的声音,隔着门窗、墙壁、天地之间的距离,依然听得那么清晰。

张阿标坐在一个老得不能再老的木质单人沙发上,两手平稳地放在扶手上。他的样子,似乎在想着什么深奥的问题,眼睛用力眯着,眉毛皱起,无形中让额头也集起一道深深的皱纹。他的整个身体,虽然陷在沙发里,可却给人一种屁股紧紧夹着,随时会站起来,应答别人的召唤的感觉。

其实他什么也没有想,他只是在听雨声。

下着大雨,他自然不用出门了。何况老板已经给他来了电话,让他今天不用去了。这突然而来的电话,让张阿标有点慌乱,因为他一切都准备好了。饭盒,保温瓶,雨衣,雨靴。放下电话后,他站在门边想了很久,下一步该做点什么呢?

他把饭盒保温瓶拿出来,放在桌子上。不知道接下来该做什么,这让他有点心烦。他最后终于看见了这个沙发,上世纪年代后期,家家户户请木匠打制的那种沙发,弹簧已经全都坏了,上面放着个海绵垫子,椅背上还铺着老虎下山的毛巾,毛巾都已经稀稀拉拉得要透了。他小心翼翼地坐了下来,接着,保持着这个姿势,听雨。

张阿标是一个食品推销员,总是拿着一些新出的食品,酱油、辣椒酱、豆腐乳、咸菜……去找各种小商店、小超市推销。这个月,他代理的是一种新出的桂花酒和苹果醋,女士养颜。在离他家不远的一个小超市,刚接了一批货。

他也不知道自己怎么就做了这个职业,其实他并不适合做推销员的。他羞于见人,口齿不俐,更不会说什么煽动性的话。可是他没有别的选择,两年前单位倒闭了,他被街道办事处安排到了一个零副食及小商品批发点。那里批发店林立,他替其中一个老板做事,每个月,都要拿着新上市的产品去小商店里推销。

大超市他和老板这样的店家,都进不去。他只能钻街串巷地,找那些小商店。一小瓶酱油,一袋燕麦片,好滋味辣酱……老板,给个货架,先东西放着,不好卖我立刻拿走,只要能卖得动,你就有的赚。这些东西,是真的好，利润又高，试试总可以吧。

就这些话，都是他跟着别人学来的。每天，这些小商店里，都有不少像他一样的人，推销毛巾的，推销卫生巾的，还有跟他一样，推销食品的。

他的工资很低，但好在老板并不嫌弃他。和他一样，老板也曾是个下岗工人。看到三十九岁的张阿标，他自有一番同情和唏嘘。饿不死，也撑不着，跟着我，饭总有一口吃的吧。他这么形容自己的小店和自己的生意。

下雨天，他肯定在和旁边铺面的老板们一起打牌吧？

张阿标曾有过短暂的婚史，那时他才刚满二十四岁。在父母工作了一辈子的厂里，做着一份简单的工作。

他高中毕业，从小就寡言少语。即便在工厂里，同龄的小青年大多都很捣蛋，他还是安安静静。他不怎么跟人来往，也不喜欢看书。没事做的时候，宁可对着窗户发呆。他脑子似乎有点笨，反应不够快，但工作很认真，在别人看来，枯燥、简单、没有一点意思的重复劳动，他却总是能做到兢兢业业，不出丝毫差错。

他每天上班，都是一成不变的装束，自行车右边挂着装水的保温瓶，左边挂着饭盒。带的饭，也总是那么几样。煎鸡蛋，米饭，炒胡萝卜丝。他不吃肉，也不喝酒，还不抽烟，他没有任何坏毛病，见到人，也总是笑眯眯的。

即便后来，没人再会上班带饭，或是带水，他还是会带。饭菜也几乎没有什么变化。结婚前，是他母亲帮他准备。结婚后，开始几个月，他老婆帮他做。做的东西很花哨，有肉，有饭有菜，后来也许她嫌烦了——那时大家都吃食堂，或是工厂外面的小饭馆，车间里也有了接开水的地方，谁还有那个工夫做便当呢？

张阿标就自己准备，饭菜也恢复到了最早以前的模式。大家在一起混了那么多年后，和他一起玩大的工友们，都已经没有心思再逗弄他了，大家也懒得再跟他多说一些什么。

可就这么一个死板、无趣的青年，竟然会娶到厂里最活泼、漂亮的姑娘，一直是大家感到奇怪的事情。

　　也许是因为其他人都太闹了吧，反而衬出他的沉静来。或者，也许是其他人的巴结逢迎，都太过火了吧，就像肥肉吃多了会腻一样，姑娘见到清秀、安静、整洁的张阿标，竟然眼前一亮，主动起来。

　　一个月后，他们就结了婚。

　　一年后，生了儿子张单。幸福的日子没过两年，张阿标也离婚了。

　　妻子是不辞而别的，甚至连跟他说一声为什么要离婚都没有。

　　她走了半年多，才在上海写了封信给他，说要离婚。那时她在上海干什么，谁也不知道。但看过这信的人都说，这女人似乎过得不错，语气里就能感觉得到。很利索，很霸道，依然没有任何离婚的理由。

　　连儿子也没有多问一句。

　　离婚两年后，同厂里有人告诉张阿标，你那个老婆出国了啊。以后叫她给你儿子寄美元回来。

　　张阿标笑眯眯的，什么也不说。有人就嘀咕，他知道什么是美元啊，这个男人，真是！

　　一言难尽，尤其是独自带着个小孩子。可张阿标的日子，却似乎并没有人们想象的那么艰难。孩子特别小的时候，爷爷奶奶帮着带，张阿标也住回到了父母的老屋里去，工厂里的单身宿舍放弃了。以后，那里盖起了职工宿舍楼，有人让他去要，他点点头，可依然是笑眯眯的，并不真的去要。

　　老屋一住就是十几年，转眼儿子已经十五了。父母也在前两年分别去世了。父子俩守着这座老房子，窗外的香樟浓密茂盛。安安静静地过着日子，竟也波澜不惊。即便经历了下岗，重新找到一份职业，张阿标的性格，依然没有发生太大的变化。时间渐长，很多人开始说起他的不容易来，毕竟，谁能人到中年，依然还是这么不浮躁，不动摇，不气馁，不慌乱呢？

　　父母去世后，他开始每天给张单做饭吃。中午做，晚上做。早上给儿子两块钱，让他自己出去吃。饭食很简单，但还算可口。幸好工厂离家不算远，可即便他风雨无阻给儿子做饭，自己的饭盒，还是会带的。这听起来像个笑话，可却是真实情况。张单问过他，爸，你为什么不能跟我一起在家里吃午饭，非要再回厂里吃呢？

张阿标张张嘴。他也说不出为什么。可能是习惯了吧，他这么含糊地解释道。

父亲很可爱，这是张单长大后的感受。笨笨的、慢慢的、缓缓的，他从来没有打过他，也没有骂过一句，甚至连唠叨，比方叫他好好学习，发誓成才，都没有说过一次。他就像一汪平静的清泉，安安静静地流淌在他的身边。

他当然知道，很小就知道，自己是没有母亲的。这让他的心里一直有片阴影，但父亲的温和、随意，又让他没有理由对他发作，或是责难。

张单上学的地方离家也不远。这个看上去并没有被很重视的孩子，各方面却都非常的优秀，就好像上帝专门要用他来补充张阿标这么多年的窝囊一样。

他有出众的学习成绩，似乎轻而易举，还有很好的运动天赋，参加过多次全省的中学生运动会并拿到过名次。他的奖状，一张张都被父亲收好着，但他并不像有些人家一样，贴得满墙都是，他把它们卷起来，收在抽屉里。

张单和父亲不同，他爱说爱笑，朋友很多，他还参加过全校的文艺汇演。他身上，有着这个时代不那么多见的优秀少年的素质：开朗、健康、好学、正直，人生态度积极向上。

遇到难缠的学生，老师会这么说，你们看看张单，人家还是单亲家庭的孩子呢，可哪样不比你们强？

这话，从本质上似乎有看低单亲家庭的意思。但张单并不在乎，他能理解老师背后的意思，他们是喜欢他，才会这么说。

他也问张阿标："爸，你咋没有想过再结婚？"

张阿标摇摇头，张张嘴，好像不知道怎么回答的样子。

张单知道，父亲这是被猝不及防地问倒了，他习惯了他这样的张口结舌，习惯了他想一个答案，要过很多天。于是等过几天再问，张阿标果真找到了答案："我们的房子太破了，不合适再请别人来家里。"

他竟把这个叫做请别人来家里，要不是张单，换了别人，一定会觉得突兀吧。

张单自从知道父亲在做食品推销员后，他一直好奇，无法想象他怎么完成这个工作。但他能感觉到，家里的经济是越来越紧张了，这肯定和父亲做得不够好有关系，他很想帮帮父亲。他相信自己有这个能力。

于是，有那么一两个周末，他偷偷跟在父亲后面，想看一看。

张阿标手里一个新的品种，要跑遍全市的小店，往往需要好几个月。张单跟踪了几家，就发现其实父亲也有他的办法，也算天无绝人之路吧。

他们家街口的那个小超市的女老板，就明显对父亲网开一面。只要他拿来的东西，大部分她都会让他放下来。有的卖得好，有的卖得不好。但最可爱的是，她竟会给张阿标再分二成。十五岁的张单，无师自通地明白，这个老板娘，是喜欢父亲的，她肯定也是单身，对父亲这样落魄、清秀、好脾气的男人，激发出她无缘由的母性和关心。

等张阿标走了，张单就主动凑过去。老板娘的店并不算大，但窗明几净，很是干净。外面卖日用杂货，里面卖小吃调料。张单拿了一包薯片，站在老板娘跟前，做出顺便一问的样子，说："那个苹果醋和桂花酒，好卖吗？"

这片生活区，所住的人，经济收入都比较低，他想都能想得到，恐怕买这两样东西的人，不会很多。老板娘反问他："怎么啦？"

他老实交代："是我爸在推销，我很想知道，能卖得好吗？"

老板娘脸色就变了，顿时喜笑颜开，说，是张师傅的孩子啊。薯片你拿去吃吧，不要钱了。告诉你爸爸，好东西，总是能卖得好的。

张单拿着这包薯片，走出很远，脸上还带着笑意。他替爸爸感到幸福，如果爸真能和老板娘好，他就不用再那么辛苦了。可是另一方面，他也替爸感到紧张，他好像是那种完全不懂得男女风情的人哟。

他知道老板娘喜欢他吗？

晚上吃饭，张单忍不住对张阿标说："爸，街口那家小超市的阿姨，好像喜欢你的。"

张阿标吓得连碗都要掉了，他脸色煞白，结结巴巴地说："你不要乱讲啊，万一人家是有老公的，怎么办？"

张单就说："那我帮你去问问，问问她有没有老公，好不好？"

"不要。"张阿标说，把脸埋进碗里，手还在抖。

张单不再逼他，心里想，看来老爸也有点喜欢那个老板娘呀。否则他紧张什么呢。

过了两天，张阿标终于将这事想清楚了。吃饭时，突然很严肃地咳嗽一声，然后对张单说："那个，你说的那个老板娘的事，不要再提了。我以后不去她那里推销商品了。"

"为什么？"张单气得要爆掉，他想不通父亲的脑袋，是怎么思考问题的。这两天，只要他路过那小店，老板娘总是会对他微笑，有时候还问他，是否想吃点什么东西。"来拿就可以了，知道吗？"她这么说。

可是父亲说："不要给别人添麻烦，我这个人，不行的。"

他并没有说什么不行，但张单心里一沉，他真恨自己多嘴，依他对父亲的了解，他一定是被吓到了。

一个离自己家这么近的女人，几乎每天都可以见到的女人，居然被儿子说到了这个事情，他无法想象，也很怕自己处理不好，所以，他退缩了。

今年春节刚过，天气有点转暖。一天傍晚，父子俩正在厨房一起做饭。张单蹲在地上，剥葱剥蒜，张阿标照料着炉灶上随时会扑起的面条。旁边放着一罐辣椒酱，是要和在面条里吃的。

天黑得突然有点迟了，空气中到处弥漫着春天将至的味道。和往常一样，这父子即便挨在一间小小的房子里，也很少说话。张单嘴里快乐地哼着方大同的一首歌，节奏来得有滋有味。

张阿标心里是幸福的，虽然不善言辞，反应也慢，但他和儿子在一起时，心里总会特别的安宁。他不声不响地拿着筷子，轻轻地将面条压下去、再挑起来，他在用一种奇妙的方法，检验着面条是否煮熟。他眼睛微微眯起，嘴角挂着淡淡的微笑，他的样子，不像是煮两碗面条，而是在仔细地琢磨着什么人生的道理。

突然门口有人在喊："阿标。"

张阿标照例，是不会在第一时间反应过来的。他脸上没有任何变化的，要等片刻。张单却已经和无数次一样，冲在父亲前面，大声应答："来喽——"

说着，他放下葱蒜，走到了门边。外面站着一个中年男人，骑在电动车上，手里拿着一个蓝色的信封。

"张阿标呢？"男人望着张单，"你是阿标的儿子吧，他妈的怎么一眨眼就这么大了！"

他的口气既亲热，又不屑。张单跳下台阶，走到街上，问男人："你是爸以前的同事？"

话说到这里，张阿标才反应过来，对着厨房朝街的窗户，喊了一声："叫人家进来嘛。"

"靠。"男人摇头，"还是慢三拍。我不进去了，阿标，你出来一下，给你个好东西。"

张阿标在围裙上擦着手，慢吞吞地站到了门边来。木质的、几乎已经全掉了漆的两扇大门，破破烂烂地张着口，口再大，房间里面却还是黑糊糊的。男人问张阿标："你不会连我都忘记了吧！"

张阿标笑着，他一定是记得的，只不过一时半会儿，他叫不出他的名字来。他邀请男人进去坐，吃点面，男人摇头，说还有事，改天来跟他玩。说着举起手里的信封，说："你老婆来信了，肯定是你老婆来的，看，美国，纽约。"

张阿标没有说话，他好像根本没有听到这句话似的。反而是张单，突然身子抖了一下。他动作极快地，将信封一把抢到了手里，男人连阻拦都没来得及。张单拿了信封，并不看封皮，一边撕着，一边就向房间里走去。男人摇摇头，对张阿标说："这信寄到老厂里不知道多久了，人都走光了，留着个看门的，谁又认识英文啊。他妈的据说一直扔在传达室的电视机后面，直到前段时间，新厂人员来接手，才发现有这么封信。正好有人认识，又正好，我在旁边，就问我，厂里有个叫张阿标的吗？看看邮戳，都快一年了。我这才给你拿来。对了，阿标，厂里还需要一些老员工回去，你不找找人，活动活动？"

张阿标此刻的脑子，还停留在蓝色的信封上。他哪里有那本事，回答得了是否需要重回厂里的事。他看着男人，笑了一笑，既不说是，也不说不是。男人瞪着他，终于失去耐心，说了一句："没名堂。"

开着电动车走了。

房间里，张单已经看完了信，正拿着信封，左看右瞧地琢磨着。张阿标走进来，什么也没说，先进了厨房，不一会儿，端上两碗面条来。

张单坐在父亲对面，手里的信还是不放下来。张阿标终于想起该说点什么了："刚才那是赵伯伯，你不记得了？小时候有次生病，还是他带去医院看的。"

张单摇摇头。他说："爸，这信来了好久了。"

他叫不出妈妈这两个字来，他从小到大，都没有叫过。

不，应该说他是叫过的。很小的时候，他跟着别的孩子喊过。他很想喊这个词，呼之欲出的词，总是在他的嘴边。可是等大一些，他才发现他是没有资格叫这个词的。有好多年，他自己在嘴边悄悄叫妈妈。放学走在路上的时候，跟同学踢玩足球散场的时候，中学上完晚自习背着书包走过街头亮着灯的小店面的时候，他像是做梦似的，发出很多个不同音调的"妈妈"来。

"妈妈。"这是最正常也最亲切的叫法，第一个字是平声，第二个字就是去声了。电影电视里，小孩子都是这么叫的。

"妈妈。"拖长音，女孩子才会这么叫吧，那一定是在撒娇。可是张单，说不定也会喜欢这么叫的。他把这两个字，软软地含在嘴里。不小心，他真的叫了出来，虽然声音很轻，可是拖着这样长长的音，却真的很好玩。

"妈。"这是大孩子的叫法了。他猜如果妈妈在家，十岁左右，他就会这样叫她了。"妈，我回来了。"他喘了一口粗气，把这句话完整地念叨了出来。

"马麻。"这是他看日本动画片，台湾演员配音后的一种发声。他悄悄记在心里，没人的时候，尝试着发出这样古怪的声音来。

他不是没有想象过，有一天，他会见到妈妈。那时，他该怎么叫她呢。也许一声"马麻"，会让她开心地笑起来吧。

家里只有一张妈妈的相片，非常漂亮，是结婚照。但却是黑白的，照相馆里的那种相片。估计是办结婚证时照的。

妈妈很漂亮，眉眼中说不出的聪明劲。张单想过，其实爸配不上妈妈，他不知道他们是怎么走到一起的。不过有了这张照片，他心里觉得释怀多了。这就是命吧，爸和她迟早是一定要离婚的。外表看，他们也许半斤八两，可张单了解父亲是什么性格，他无法想象，漂亮活泼的妈妈，会留在他的身边。

张阿标对这封信的内容，并不感兴趣。如果不是张单提醒他，问他要不要看看，他都会忘记了这事儿。但他体贴地对张单说："你先看吧，等你不想看的时候，放在桌上就行了。"

晚上吃完饭，父子两常常各做各的事。张单要么去上晚自习，要么坐在靠墙角的桌边写作业。张阿标呢，进到小小的卧室里，把电视打开看。怕吵着张单，他总是会把声音关掉。那一天，学校里还没有正式开学，所以张单拿了书包，坐到自己桌上去时，信还紧紧地捏在手里。

他看着信纸，黄色的，很窄的条纹，这让妈妈的字写得就比较小。信很短，只有一页，她这是在投石问路。她说她也不知道是否还能找到阿标，所以先写来一封信。

她这么写：

来美国十一年了，一切都已经安定下来，和先生也有了自己的孩子，是两个女孩子，她们很乖巧，也很漂亮。可是非常想单儿，不知道为什么当初要给他起这个名字，结果真让他落了单。他小时候的样子，让我怎么也放不下，我很想见见他，能给我一张相片也好啊。

也许这一两年，我会回国探亲。到时候，很想见一面单儿。他现在也大了，应该会写信了，如果你能收到此信，让他照信封上的地址跟我联系。也可以发邮件，国内上网现在都很方便的，我想依你的性格，可能不会去学这个东西，但单儿也许学校里会教他怎么使用互联网的，如果他能给我发邮件，就更好了。

张单听不到后面父亲的响动，他还真能沉得住气啊。

他拿出一个练习本，翻到最后一页，拔开笔帽，给母亲回信：

"妈妈"。应该叫"妈"吧，他有点拿不准，怎么叫才正常？他的同学，一般都说我妈怎样，我妈怎样，并不说我妈妈怎样，我妈妈怎样。可是写信，这是书面用语，是否还是得用妈妈呢？

"妈妈"。他决定了，还是写妈妈。这样比较正式，也念起来更上口。他自己嘴里小声地，随着这两个字写出来，他同时也念出了一声"妈妈"。

妈妈，你好！

我是张单，今天，终于收到了你的信。这信在厂里放了快一年了——因为爸的工厂倒闭了，你一定还不知道这个消息吧，总之就是，人员都遣散回家了。

爸现在在帮人家做推销员，你一定想不到吧，他做得还不错，有超市的老板娘还喜欢他呢。不过他为了我，说不会再结婚了。我和爸在一起过得很好，我们住在爷爷奶奶家的老房子里，这片地方，也快要拆迁了，以后会去哪里，谁也不知道。

我已经上高一了，在昆明最好的中学读书。老师同学都很喜欢我，我也和他们相处得不错。我每年都能拿到奖，学习方面的，还有运动会。我和爸的生活，虽然清贫，但很幸福。

收到妈妈的信，尤其是知道你一切都好，我还有了两个妹妹时，我和爸都很高兴。你不用担心我们的生活，也不用担心我，我现在念书很努力，一心想考上一个好大学。爸总是说，已经帮我存够了读大学的费用，有他这句话，我就什么也不怕了。

祝妈一切都好，问全家好。

张单

75

张单在最后的问候语时，写的是妈，而不是妈妈。他也是经过了一番思考，认为结尾这样写，才比较亲切自然。写完后，他从笔记本上把这页纸撕下来，又举起来，看了两遍。然后站起身，冲里屋的张阿标喊一声："爸，我出去一下，几分钟就回。"

张阿标没有回话，但张单知道他听到了，只是回答起来要慢一点而已。

他跑出了门，大跨步地，向街道口的网吧跑去。他要在那里给妈妈发邮件，妈妈的邮箱地址，就写在他手里的那张纸上。

他跑起来，磨薄的球鞋底，在路面上发出刷刷的响声。网吧里人坐得满满的，全都是些半大不大的孩子。所有的注意力，全都盯在电脑屏幕上。张单从不玩这些游戏，也不在网上聊天，除了家里没有电脑，不大方便外，他本身对这些东西，打心眼里也不喜欢。他曾跟同学嘲笑过，要是地震了，网吧里的人，肯定都跑不脱，因为他们一定什么感觉都不会有。

居然没有空位了，守网吧的，是个年轻姑娘，问他要做什么。他挥挥纸，说，就发封邮件。姑娘站起身来，把自己的座位让给他。

张单真开始打字了，手还是有些发抖的。在他的想象里，这信，十分钟不到，就将到美国。他特意算了纽约的时差，十一二个小时，这么说，他们那里正是上午，也许妈妈一开电脑，就能看见他的邮件。

那么她很快就会回信给他吧，他要不要就守在这里等等呢？

他一点其儿也不喜欢自己这么心急火燎，十几年的岁月都过去了，哪里就真的在乎这一时半会儿呢。可这个念头，怎么都从他脑子里飞不出去。到最后，他想了一个好办法，在信的结尾，他又加了这么几句话："爸家里没有电脑，我得到外面的网吧来收发邮件，明天晚上，我会来这里，再看看邮件，也许爸那时也有信要给你。"

他觉得，妈妈一定会明白他的心意的。她不会早早发来信，放在邮箱里，让他干着急。她会明天在他到网吧的这个差不多的时间里，才给他写来邮件。

这么想着，张单心里说不出的轻松和复杂，点动食指，将邮件发送出去了。

第七章

曾 经

和在给母亲邮件中安详自在的语气不同，张单的童年，为这事，却纠结过很长一段时间。正像人们常说的，每一颗平和的心，都是从暴风骤雨中走过。谁能想到，张单小小年纪，曾上演过怎样一出惊险的千里寻母记。

母亲是张单近两岁时离开他的。但他记忆中并不是什么都没有留下，否则他不会一直惦记着来自母体的温暖、甜蜜和安全感，就好像他一直是知道被母亲抱在怀里的感觉是什么样的，却并不来自歌曲、电视或是看到。他坚信他对母亲是有印象的，她的声音，她的体味，她每次抱起他时，他内心的舒展。最奇怪的是，他觉得自己甚至记得母亲穿过一件红色的裙子，这记忆，折磨着他，常常在他不注意的时候，溜进他的小脑袋里。

从幼儿园开始，他就常见到其他孩子缠在母亲的怀里，领在母亲的手里，身体可以像棉花糖一样，扭了又扭。那些孩子，有时候是无意识地撒娇，有时候却是仅仅为了在张单的面前表演。就像手里举着冰淇淋，要在另一个馋得流口水的孩子面前，舔得嗞嗞响一样。张单目不转睛地看着那一幕——他没有妈妈，这是从他记事起，就是尽人皆知。

图画课，老师发下纸笔，让大家画爸爸妈妈和我。张单手一哆嗦，笔就掉到了地上。他长时间地不肯将笔拣起来。老师终于发现了，说："张单，你就画爷爷奶奶好吗？"

她甚至不鼓励他画爸，好像知道爸这个人很怪。爸是跟别人家的爸爸也不大一样，这一点张单很小就感觉到了。他是那么的少话，走起路来，眼睛定定地盯住前方。老师一定是觉得爸奇怪了，才不鼓励他画他的。

张单最后画了一只青蛙。

有孩子凑在他的桌边，故意逗他："这是你的爸爸，还是妈妈呀？老师不是让画爸爸妈妈吗？你干吗画青蛙？"

孩子之间的挑衅，往往是很残忍的。他们不看到眼泪，绝不善罢甘休。立刻有孩子扑上来，要撕张单的画，张单站在凳子上，将画举得高高的。

等上了小学，一年级，下午开班会，老师说孩子们上来讲讲自己的事情吧，说什么都行，爸爸妈妈，爷爷奶奶，去哪里玩过，或是吃过什么好吃的。无论什么，都可以。

张单觉得自己足够大了。从幼儿园起，他一直逃避的妈妈问题，现在也许可以有力量面对了。他心跳如鼓，两只小手绞在一起，他心里在作激烈的思想斗争。一方面，他很想跟大家讲讲自己的妈妈，他想象着，只要他告诉了大家，他的妈妈是什么人，以后就不会再有同学来为这个事情欺负他了。但另一方面，他实在不知道从哪里开始讲起。

　　终于轮到他了。他大步走向讲台，第一次面对台下那么多好奇的眼睛，他努力让自己沉着一些。后来他的老师说，小小年龄的他，眼睛里突然多出了和年龄不相符的老成。他在压抑着自己的情感，但也在酝酿新的发现。

　　那是他第一次开口讲母亲。他说，妈妈在他很小的时候就离开了他，现在她在国外，很远很远，但她一直牵挂着他，总有一天，她会回来找他，并且告诉他，她一直都很想他。

　　张单发现，其他孩子看他的表情，和幼儿园时，他逃避这个问题时的表情是不同的，他们虽然都不说话，但空气中有着出人意料的宽容和同情。

　　果真，也许是他的态度赢得了孩子们的尊重。在这个班里，再也没有出现过对着他不停地炫耀母爱的孩子，也没有人会拿这个事来说一些伤他的话。反而个别颇有点母性的小女孩，会对张单表现出特别的关怀来。她们给他带零食，遇到中秋端午这样的节日，还会给他带月饼粽子之类的食物。

　　可张单对母亲的想念却如洪水泛滥，再也止不住了。随着他渐渐长大，十一二岁，身体和心灵的变化，自我意识的出现，对世界极度渴望的探究之情，让他一想起母亲，想起自己的身世，就会说不出的痛苦，他会半夜落泪，藏在被子里，小声地、不停地发出妈妈这个简单的音节来。

　　妈妈，妈妈，妈妈，妈妈……

　　他热泪长流，痛苦万分，小小的身躯，简直无法承受思母之痛。他比任何时候都要想见到母亲，他弄不明白，为什么偏偏他会碰上这么奇怪的事情？

那一年，爷爷去世了，奶奶得了重病，整日躺在床上。家里有种说不出的压抑和悲伤，父亲已经很久没有去上班了，大家都在说下岗的事。

张单渐渐把母亲当做了拯救这一切的"大兵"。他天真地想，只要他能找到母亲，把她带回这个家来，一切就都会 OK 的。

这突然的想法，让张单的内心充满了希望。他再也不用天天沉浸在思念母亲的悲伤和无奈中了。他大可以跳将起来，攀上飞驰的火车，向着命定的路线，去找妈妈。

妈妈在国外，昆明长大的张单，无师自通地想到了去缅甸。他知道的出国的路线，只有缅甸。那里就是国外，只要他到了缅甸，自然会有办法找到妈妈的。

一个有地点、有目标的想法，让张单激动不已。走吧，走吧，翻过大山，越过大河，他就能够找到妈妈的。

那是平常暑假里的一天，一大早，空气就很闷。家里人谁也没有注意到张单什么时候出了门，他口袋里装着翻烂了的云南地图。口袋里只有十几块钱，是平时攒的，还有出门前偷偷从奶奶口袋里拿的。他提了一个小塑料袋，里面装着一个装满水的矿泉水瓶子。走到路口，他买了三个馒头，一起放在塑料袋里。

他一直走到了货运站附近。

他没有钱坐火车，在他的想象里，只要去找到一个开长途货车的司机，就能带他到保山，或是景洪。

货运车站的车，非常多，个个都庞大无比。最糟糕的是，司机的座舱都很高，看不见他们的人，他就很难跟人搭上话。张单心里是有恐惧的，那样的场景，那样的气氛，那样不顾人死活，仿佛只有轰鸣的大车的世界，让他感到胆怯了。十几二十几个大轮胎，让每个车都仿佛有好几吨重，苫布下遮着水果、百货，箱子，应有尽有。他瘦小的身子，在货场的空地走着，没有一个人看他一眼。

他找了个有阴凉的空地，蹲了下来。他仔细观察着周围的那些人，司机，调度，还有货主们，每个人都没有好声气的样子，仿佛肚里憋了多大的火。终于，一个五十多岁，鬓角斑白的老师傅，落在了张单的眼里。

他有一个助手，是个非常搞笑的年轻人。不知道为什么，这一对搭档，立刻给了张单一种信心。他们的车牌是保山的，这就让他更想入非非了。他认定这师徒二人是比较好说话的主，而且心思不坏。

他悄悄溜到了车的后面，他们那一车，正在往上装密封好的纸箱。几个民工，踩着搭起来的木条，颤颤巍巍地走到车厢里面。张单想钻进车厢里，找个空地藏起来，但这个打算显然很不容易，这些个人，盯得紧着呢。最糟糕的是，他们已经注意到了他。他没辙了，只能讨好地帮着民工们搭把手。他做出很想帮忙的样子来，帮着抬了几个箱子后，终于那个年轻人走了过来："小孩儿，你在做什么？哪里能干这个，走开走开。"

张单并不停手，他巴结地说："我不要钱我不要钱。"

"那你在这儿瞎起哄，下来下来。"年轻人站在下面，冲大车厢里的张单招手："想干什么？"

"我想去保山，你们一路带上我行不行？"

年轻人奇怪又警觉地："要干吗？去保山做什么，贩毒？"

张单拍自己的衣服，让他看他什么也没有："我家在那里，我是来昆明玩的，现在想要回去，没有钱了。"

他说得似乎很有道理，而且那张清秀的小脸，没有理由不让人疼爱。年轻人走到一边，去跟老师傅说了两句话，老司机走了过来。他问张单："家住保山哪条街啊？"

张单说什么？他立刻就傻眼了。

老司机看了年轻人一眼，仿佛在说：你看你还是不够老练吧，我只一句，就识破了真相。

张单说："带上我。"

他除了这句话，再不知道说什么了。虽然他年龄不大，但能感觉到大人言辞背后的所有意思。他的眼泪滴了下来，他再一次说："带我去保山吧，求你们了。"

老司机摇头。张单脱口而出："我只是要去找我妈。"

他的眼泪，喷涌而出，怎么刹也刹不住了。他哭成了一个泪人，小肩膀抽搭着，身子也站不直了。他哭呀哭呀哭呀哭呀，泣不成声。一时间，好几个人围了过来，仿佛司机怎么欺负他了，他们要看个究竟。

"好吧好吧。"老师傅终于说话了，"带上你。但你不许捣蛋，也不许说谎，知道吗？那里乱，什么人都有，我们路上都小心翼翼，出了事，谁也不会管到你的，知道吗？"

张单擦着眼泪，赶紧点头答应。

九点多，车就开了。出了城，走上高速，就一路向保山驰去。张单人小，坐在最边上，小年轻和老师傅一路说着话，有时候也会问他，妈妈在保山做什么，这是他们最爱问的。

张单哪里见过这阵势，他一点一点，开始组织谎言。他也不知道，妈妈好几年前就离开他和爸爸了。有人说在保山见到过她。

司机越听越没谱，那你爸爸在昆明做什么呢？

于是一点又一点地，张单的话，又被套了出来。爸爸在哪个工厂，下岗了。师傅会眼前一亮地说："哟，那你爸爸叫什么啊，我说不定认识呢。我在那里还干过几年的临时工。李万里，还是杨不二？"

张单老实交代："他叫张阿标。"

这名字好啊，两个人同时笑起来，很好记，很好记。

张单下意识地想到，他们是在套他的话，他们还是不相信他。他生气了，头转向窗外，一动不动。

十一个小时后，才到了保山。天已经黑透了。大街小巷，果真有一种和昆明不同的气息。师傅们问他下一步去哪里。他有点呆滞，没有想到会是这样。肚子饿空了，又口渴。他装作无所谓的样子，跟他们告别，道谢。

然后，怀着满满的恐惧，他去了汽车站。他想他只能在那样的地方过夜了，否则还能怎样？

等天亮后，他再想办法，他看过地图，知道泸水县和中缅边境挨得很近。到时候再看，能否找到去那里的车。

那是2005年，边境附近，除了贩毒赌石猖獗，地下博彩也很泛滥。流浪在城中，张单能感受到一种奇怪的气息。这让他说不出的恐惧，一天中他问过多次，这次没有在昆明那么幸运，没有人肯带他去边境，也没有人愿意让他搭乘免费班车。他混迹在一群又一群的乘客当中，却总是会被眼尖的司乘人员揪出来。

在汽车站附近，一个挑着担子卖番石榴的老太太看见了他。她拉住他，给他手里塞了一个水果，然后说，去找点小工做，赚到路费，再走。

小工？张单这时已经开始头脑发昏了，想象中就能见到的母亲，也开始离他越来越远了。如果妈妈知道他是如此渴望着见她一面，她为什么不站在他的面前，告诉他，她也一直想着他呢？

他饿得头昏脑涨，偶尔能看见一些面露不善的人，瞪着眼睛在打量着他。三十个小时后，他在车站附近的小饭馆里找到了一个打扫后院的活，泔水味臭气熏天，大澡盆里扔着碗筷，烂菜叶漂浮在一层油花上面。他干了四个小时后，才被允许吃了顿饭。

工钱一天一算，老板娘看出他是离家逃跑的少年，目光中说不出的诡秘和幸灾乐祸，一天五块钱，管吃管住，就行了！

第四天，饭馆里一个跑堂的叫住他，"你是不是从昆明跑出来的？"

他点点头。

跑堂的说："门口那男的，是你什么人？"

他慌张地冲出饭馆的门，豁然看见爸胸前举着个牌子，上面是他的相片，旁边有寻儿几个字。他站在当街中央，什么话也不说，可能站得时间已经很长了，连围观的人都没有了。

"爸，爸。"张单哭着跑过去，抱住张阿标。张阿标被撞得站不稳，趔趄了两步。张单见到父亲，又羞又惭，却不知道该怎么解释。好在张阿标一贯的性格，并不多问，甚至连自己怎么找到这里的也不解释。只是问张单："现在跟我回家？"

仿佛倒需要张单点头同意似的。

父子俩走之前，张单要求吃顿饭。张阿标带他去家面馆，中间张单去撒尿，回来见父亲慌乱地站在大街上四处打量，这才意识到自己这趟出逃，让爸有多担心。

但张阿标什么也不说，他甚至连儿子这段时间怎么过的也不问。两人坐上回昆明的大巴，他把儿子放在靠窗的位置，半天才说出一句话："看看外面的风景，我一路过来，很好看。"

后面的细节，是张单自己回到家里从奶奶那里慢慢补充起来。拉他到保山的那对司机，回去后可能越想越不对头，终于两天后给张阿标的厂里打了个电话。那时家里已经找张单找得要疯掉了。

奶奶问张单，为什么要去保山？

张单说："想出门去看看。"

他没有说是想去找妈妈。这个秘密，从此一直藏在他的心里。

给母亲发去邮件的第二天傍晚，张单去网吧看邮箱，他心情很是激动。

实际上，这种种不安和期盼，已经伴随了他一整天。虽然爸什么都没有说，可是他知道，他其实也是有所期盼的。昨天晚上，回到家里，他发现信已变了样子，不再摊在桌上，而是重新叠好，又塞回了信封。

还没到网吧，迎面过来邻居苟二哥，是个大学毕业生，现在在电脑城里卖电脑。手里捏着一块煎饼，边走边吃，看样子一定是才下班。张单灵机一动，跟在苟二哥后面，去他那里上网了。

邮箱却空空如也。什么也没有。见张单失落的表情，苟二哥问他："女朋友啊？"

张单摇头，心里突然涌上无法言说的悲伤和愤怒。他不知道该怎么面对这个事实，就好像一个好东西，送到了手里，还没焐热，就被人横空拿走了。他知道自己应该安下心来，再耐心等待，毕竟妈妈的信，都写来快一年了。这中间，谁又知道，她还曾写过多少信？他有什么不能等的呢？

可是回家的路上，他还是找了个没人的角落，放声大哭了起来。他嘴里念叨着"妈妈"这两个字，充满说不出的委屈和伤心，还有莫名的恐惧和担心。他突然想，妈妈不会已经死了吧，不会生了重病，或是出了车祸，突然离开了人世吧？否则，她为什么不理他呢？

既然把这个邮箱写在了信纸上，她一定就会日日夜夜地，惦记着她的儿子会有一天发来邮件给她啊。

第二天上午，刚起床，他又一次忍不住了。去敲苟二哥的门，苟二哥要到快中午才去上班，这阵正在呼呼大睡，穿着掉垮垮的内裤来开门，见他一脸着急，问也不问，手一指，让他自己去电脑那里，张单手忙脚乱地进了邮箱。一封未读邮件，豁然显现在眼前。

真是美国来的，却全都是英文，好长一封，他慌里慌张地往下看，看到最后的署名是妈妈，才大松了一口气。他去摇苟二哥，让他起来帮他翻译个信。苟二哥不耐烦："我要能翻译英文，还卖电脑干什么？"

懒散地趴到电脑前，等听张单说这是他妈妈来的信后，不由吃了一惊。大家都知道张单没有母亲，无形中已经将他认做了孤儿。这可是天大的大事啊，竟原来，他的妈妈活着，而且，还给他来了信！

苟二哥英文也不很好，还要借助金山词霸。张单一定要拿纸拿笔，一句一句翻译下来，因为还要给爸拿去看。苟二哥说："单儿，我的儿。"张单瞪起眼睛："我的儿？"

苟二哥说："我的崽~"

张单讨厌苟二哥这态度，觉得他亵渎了母亲的信。苟二哥见他火了，便正襟危坐，重新开始："都已经对你们能否回信不抱希望，没有想到，却突然接到儿子的来信。单，你已经这么大了，可以写出如此美好的信来（英文就是这样，词汇量少，很多形容词集于一身。苟二哥作注解）。我谢谢你，你和爸爸一切都还好吗，身体好吗，学习好吗，要是能发一张相片给我就更好了。我的电脑里没有中文设置，我很快就会装上，到时候就可以给你写中文信了。我发一张我们一家人的相片给你，希望你能对我有一个新的认识（太公事公办了，哪里像母亲给儿子的信。苟二哥发表评论）。"

附件打开，相片一点点出现，先是一个男人的头，头发颜色很淡，张单第一反应，继父怎么白了头，等脸出来，才发现竟是一个老外！这让他立刻心慌意乱起来，仿佛母亲很快也会变成一个外国娘儿们。他那种紧张、激动，还有一点害怕的心情无法形容，相片终于全都出来了。但奇怪的是，他第一眼被吸引住的，却是那两个小女孩子，混血，一个十岁左右，一个更小，谈不上多么漂亮，但那自由自在的快乐劲，让他心里说不出的痛。

他想到的是，她们有父有母，当然如沐春风，妈妈把她的爱，包括张单的这一份，都给了她们吧。

再看妈，他陡然生出陌生的感觉。比起没看到相片，仿佛更陌生了似的。她和家里那张仅有的相片并不很像。简直可以说，完全成了另外一个人。她仿佛变得高大了很多，那种高大，又是气质上的变化。因为毕竟，她是坐着的，怎么会知道身高呢。她穿着低胸的紧身T恤，牛仔裤，头发很长，竟是长长的直发。她和父亲应该是同龄，可她看起来年轻多了，比张单其他同学的母亲也要年轻很多。她大大的眼睛，肤色白皙，笑得非常灿烂，一点看不出还有一个十几年没有见面的孩子。

苟二哥眼睛直直地。他倒是一直在看张单的妈妈："你妈挺漂亮的，难怪能找个老外。"

张单不爱听这话，这一刻他心情古怪，什么话都不爱听。他问苟二哥："相片能打出来吗，我想给我爸看。"

苟二哥还想逗他，见他眼圈红红的，赶紧点头，把打印机打开。

张单把信和相片带回家，爸却出去推销，还没回来。他自己泡了冷饭来吃，趴在桌上，又给母亲写信。

写一会儿，看一会儿相片，眼睛总是忍不住往那两个女孩身上溜，他在她们身上找着自己没有的东西。找得很仔细，每找一次，心里就涌出说不出的滋味。

他知道自己这样做不对，和前几年跑出去找母亲一样，都是失去理智的做法。可是从苟二哥那里出来，他忍不住地，就是想掉眼泪。

"妈妈"他写下这两个字，停了一停。他和别的孩子最大的不同，就是他心情再颠簸、情绪再坏，也能忍下去。

收到邮件和相片，非常高兴。我打印出相片来，也准备拿给爸看，还找邻家哥哥，把邮件全都翻译成了中文。我也一起拿回家，给爸看。

两个妹妹很漂亮，也很快乐，她们都已经上小学了吗？不知道学习紧张不紧张？

我这两天有点盼着你的来信，可真的看见了，却还是有些不敢相信自己的眼睛。

从小到大，因为妈妈不在身边，我觉得日子有些难过，但好在和爸在一起，也没什么。

他不知道再写点什么了，说自己什么都好？还有，要不要告诉她，自己一直都很想她？

"看相片，你过得很幸福。有一个美满的家庭，还有可爱的女儿。这都是你努力争取来的，我和爸都会祝福你。我不怪你。"写到这里，张单终于知道自己想说的是些什么了："虽然这么多年，也非常想念你。但我知道，你和爸的婚姻有点阴差阳错，爸是个很好的人，但他对女人来说，也许太沉闷太刻板了，而且你有自己更高的追求。这个事情，家里人从来也没有怪过你，连爷爷奶奶都没有说过你的半个不字。"

真的吗？

不，当然不是。至少，奶奶是说过一些的。虽然她也会说，爸配不上妈，但她却不满意母亲扔下张单，一走这么多年。

可她每次说这话，木讷的爸总是会特别快地反应过来，反驳她说："幸好留下了单儿给我，否则我怎么办。"

张单从这个角度讲，心里还是有所感谢的："谢谢妈妈这么多年依然惦记着我。爸对我也很好，所以虽然在单亲家庭，我还是能感觉到爱。别的不说，至少考试不好，能少一个人批评我，对吗？"

他口气里带上一点调侃："我家隔壁，有个报刊亭，那里有个电话，如果你打来，阿婆会叫我们。但电话旧了，信号不很好，估计国际长途就更难听到了。你不用急着打电话，等约好时间，我和爸一起等你。"

张阿标晚上回来，张单给他看相片，又问他："你要不要给妈妈说些什么，我一起发邮件，写给她？"

张阿标举着相片，左看右看，上看下看。半天不说一句话，完了指着其中一个小姑娘："是谁？"

张单哭笑不得，说："她的另一个女儿。"

张阿标说："太胖了，不大好看。"

"爸，你要给妈妈说什么吗？"

他想了半天，最后摇头。

张单去发信，又遇到苟二哥，他叫住他："以后来我这里吧，随时都可以。"

张单站住："要是我和爸买台电脑，可以发邮件的，最便宜能有多少？"

妈妈再一封邮件来，果真换了中文。再想想苟二哥的翻译并没有什么错误。她果真这样开头："单儿，我的儿子，我的心肝宝贝。"

张单这些天变得多愁善感，连同学都发现了。他说话声音变温柔了，举止动作，说不出的安恬。上电影欣赏课，落泪不说，过后还久久不能平静，写起了声情并茂的读后感。好哥们儿嘀咕他，是不是早恋啦。

他心里说不出的感动，不知道该怎么发泄。每天都去苟二哥家里看邮件，还学会了用苟二哥的手机给自己拍照，然后再发给妈妈。妈妈的来信充满了惊喜，她一口一个乖儿子，说自己这段时间因为找到儿子，多年的痛苦得到释怀，心里非常充实。

几天后，她问他，想不想来美国生活一段时间，出国来这里读大学？但是前提条件是，外语要学好。因为要考托福，分数足够，才可以被录取。

"我出钱，暑假时，你去北京专门的出国培训学校读书吧。多做一些训练，就会有收获的。现在时间还早，等高二时，你再考试。"

张单看到这样的话，心里一紧。真的吗？

他所在的学校，每年都会有一两个出国去读大学的学生，在他心里，那一直是遥不可及的一件事情，可是按妈妈的说法，只要外语学好，并不算难。

"而且，你有很多特长和优势，一定能考取美国一流的好大学的。"

他不知道该怎么对爸爸说这事，爸养他这么久，真的就舍得再送给妈妈？但他还是说了。过了好几天，爸突然说："我给你报了周末的外语补习班，你去上课吧。"

张单外语基础不是很好，他没想到爸一直关注着这事。

"到假期，你再去北京。"他这么说，然后站起身，那意思是：这事就这么定了。

第八章

直 觉

万紫目前的男友，叫常晓。比万紫大两岁，曾是校友。

两人认识，是在一次海南博鳌的能源研讨会上。常晓大大的脑袋，白白净净的，个头不高，身体挺壮，戴着副眼镜。他说话的样子，有点故作清高。不熟悉的人，可能会觉得他有点讨厌。

总之他跟人说话的方式，有点像他的外形。说他没文化吧，他又戴着眼镜，说他有知识吧，他腿短个矮，走路有点像鸭子——不不不，万紫这并不是人身攻击，走路像鸭子就没文化了？

刚吃过晚饭，自由活动时间，大家站在餐厅外面，游泳池边，眼睛却在踅摸可能会好玩的伴儿，当然这伴儿是异性，就更好了。常晓站的地方离万紫不远，正在跟人大谈特谈政治，他那种趾高气扬、无所不知的样子，就仿佛确定除了天使不会对他动心，是凡人都会被吸引到他的身边来的。

偏偏这时，有人叫住她，并且隆重将常晓介绍给她，说他们是校友。

万紫当时心想，这介绍人是想让她做垫背的，将她拉到他身边后，自己再溜吧？可是常晓的眼睛已经亮了。他不假思索地，向前跨了一步，紧紧挨在了万紫的身旁。他突然压低了声音，仿佛地下党员终于找到了组织一样。他贴近她说的第一句话，也很像接头暗号："你读过马斯洛吗？"

万紫很吃惊，又觉得有趣。他大大的脑袋，向她靠过来时，她有一种隐隐的兴奋。马斯洛是谁，她当然不知道。这就像常晓不知道电器自动化一样。围在常晓身边的听众，敏锐地捕捉到了什么。他们兴致勃勃地想看常晓接下来会做点什么。但常晓却不给他们机会，他转过身，直接面对着她，并邀请她远离人群，跟他一起去散步。

他是学经济的，和很多流行的经济学家一样，有一种无论说什么都不知羞耻的劲头。但就头脑的清晰度，或是对世事的洞察力来说，他确实有点与众不同，特别复杂的现象，或是心情，他总能三言两语概括出其要。这也是为什么即便他长相平平，却能吸引一群人到他身边听他聒噪的原因吧。

常晓在学界有点小名气，年纪轻轻，已是博导，属于正在孜孜以求、谋取功名的年龄。气质心态，没有张狂，只有更加张狂。

他不知道从何而来的感觉，认定万紫单身之中，两人往海边没走两步，就直截了当地说："我可以追求你吗，我也是离异单身。"

万紫一个激灵，心想自己脸上莫非有什么记号，他怎么就知道她是离婚女人？就有点着急，不客气地问他，"你为什么会这么说？"

他说："直觉。"

他说话的时候，手指向天挥了一挥："你是我的女人，这我不会看错的。"

宾馆离海很近，海水特别蓝，即便在天将黑的傍晚，依然有从眼到心，透彻心扉的湛蓝。风里带着点腥味，更远的海面，还有几艘渔民的小船，慢悠悠地、不着边际地漂游着。

万紫有点受宠若惊。男人的才华，比相貌重要得多。常晓半分钟之内，扔下身边所有的人，跟她单独谈话不说，还直截了当地、将她领到海边，向她求爱，此情此景，她还能说什么呢？可是她还是有话要说，凭借着理科女生的执拗劲，她问："你为什么不找更年轻一些的女生？像你这样的学术新贵、博士生导师，有更多的女学生可以选择，也有更多的年轻女性愿意崇拜你，跟你一起体验人生。"

常晓再一次说了那句话："你读过马斯洛吗？"

"马斯洛是谁呀？"

"他是个心理学家，他写过一本书《自我实现的人》，你一定要看看。"

关于马斯洛，他们就谈到为止。

从那以后，常晓既没有再问过万紫看了没有，也没有问万紫对马斯洛有什么想法。万紫后来想，他拿马斯洛做诱饵，只是为了跟她搭上话吧。

因为常晓，并没有他自己表现出来的那么咄咄逼人，那么高高在上。私下里，他是一个平凡庸俗，甚至胆小自私的人。

万紫终于明白，他为什么不会去找更年轻的女性了，时间长了，他致命的缺点，在她们那里，并不容易得到谅解。

他一定经历过很多年轻女人后，终于认识到，年龄大一些，或是同龄的女人，才能真正地包容他。

回到北京后，他们开始了约会。常晓工作繁忙，在学校里还当着一官半职，事业要做，官也要做，学生扔不下，外面的讲座也要去做。

万紫有次讽刺他，两手都要抓，两手都要硬。

他脸上显出惊异莫名的表情："你是在指责我床上不能满足你吗？"

常晓住在现代城，两室一厅，小了点，但装修得很有味道。还有吧台，厨房也是开放式的，餐桌区专门垫高了一层。铺着木质地板。桌上摆放着民族风格的餐台布。

他叫万紫搬到他那里去住，万紫一直不肯。她总觉得，常晓曾跟某个女人长期同居过，这里处处都有那个女人的气息。

因为民族风格的餐台布、餐厅区边上的铁艺栏杆，还有客厅转角式的橘黄色的布艺沙发，都不是常晓的CASE。

后来她知道，果真如此。而且常晓和那女人分手，基本就在他们在博鳌开会之前的两个月。

"你怎么能这样。"万紫说，"她的味道，还在你的身上，你就来找我了？"

常晓用反问句说："难道我们都不是成年人吗？"

两个月后，他们第一次吵了架。常晓说万紫不够关心他，当他很辛苦地，从外地风尘仆仆回到家里，身心疲惫，家里冰锅冷灶不说，连万紫一个贴心的电话，没有，都没有！

万紫那段时间经常加班，她自觉并不比常晓身心疲惫好多少。

她说："你可以来我这里啊。坐一坐，说说话，然后去外面吃顿饭，好歹也是一个安慰。"

她觉得自己足够善解人意，离婚这么多年，连这点都做不到，算什么呢？何况，对常晓，她是认真对待的，虽然他性格并不那么顺她心意，但他和她有相似的学历，有差不多的背景，是属于条件等各方面都般配的人。跟他结婚，她不会觉得委屈或是什么别的，也不会让别人看起来太怪。所以长期以来，她对他是迁就的，他的无理，他对她强硬的态度，还有他的吝啬——他们一直AA制，第一次出去吃饭，他就说这是他美国留学六年，学到的最好的东西。

她还能说什么呢？

各付各的，账单拿来，不是先掏钱包，而是掏手机，用计算器算各自应该付多少钱。从工资单的收入上看，万紫比常晓多，但常晓的其他津贴，比工资可高多了。日常生活里，也能看出，他比万紫过得舒服，吃的穿的，档次都要高一筹。

可是，听到万紫说让他来她这里约会，他立刻气鼓鼓地："正塞车时间，你想过汽油费没有？那今天这顿饭，你请我！"

他的口气，并没有丝毫的玩笑。万紫很累，心想你不来最好，吃什么饭啊，你以为老娘我跟你吃饭不累吗？就没有付出吗？先得沐浴更衣，头发拿吹风机吹干，房间收拾利索，脏衣服脏袜子全塞到洗衣机里去，因为谁知道你他妈的吃完饭还要不要上来再坐坐？还得自备红酒，在美国当过六年的穷学生，奶酪干酪都分不清，可常晓却动不动就挑剔酒的年份，二话不说，先举起瓶子，胡乱摇晃两下，问声这是哪年的啊？

哈，告诉他哪年的，他又能说出个屁呀。

这还不算，万紫还得找衣服穿，既要性感，又要感性，既要露点乳沟，又得遮点肚子，不能太过分，又不能太保守。衣服是种态度，比语言交流更为有效。每次见常晓前，她都得翻半天衣柜。

还有香水、粉饼、眉笔、口红，一样都不能少！心里还得不停地判断着：胖了？瘦了？老了？憔悴了？头发该做了？有白头发了吗？出点汗，粉底再一乱，脸上块垒不平之气顿现，倒仿佛还没见到人呢，就已经吃了亏。

这还没完，还有鞋子，还有包，还有丝巾。鞋子又分好几种，平底的，高跟的，坡跟的，她得看去什么样的地方，才能决定穿什么鞋子。坡跟鞋适合去家常馆子，吃完还可以坐下来聊一阵，平底鞋还得视常晓的语气而定，他个头跟她差不多，他并不怎么喜欢她穿高跟鞋，如果他今天情绪不高，那肯定走路也是要弯腰塌背的，她还怎么穿高跟鞋呢？

这样一趟折腾下来，比平时上班更身心疲惫。加上两人坐下来，万紫还得打起精神，注意听常晓说话。他才不会认认真真地听她讲点什么呢，他是要占主动权的，话题、评论、见解、分析，都得以他的观点为正确。当然，万紫本身也没有什么观点，她是理科生，说这些本来就不擅长，而且她是女的，常晓说：不是我对你们女人有偏见，是你们自己说的，第二性！

万紫并没有读过《第二性》，也不大清楚波伏娃是个什么人，于是好端端的，又被常晓普及了一下。

等被教训够了，饭也吃完了。结账时，她还得自己付自己的那一份。所以，她常觉得，跟常晓吃饭，既不公平，又很啰嗦，她付出的时间、精力，远远资不抵债。如此赔本买卖，常晓还嚷嚷让她请客？

他自己出的，一百块都不到，也有脸说得出口，这是不是也太自私小气了？马斯洛是这么教他的吗？

"那就算了。"她控制不住了，"你累，正好我也累，你不用跑了，改天再说吧。"

常晓接受不了她的不快。只有他可以不快，她怎么还对他耍脾气呢？难道她没有意识到自己的位置吗？人啊，活在世上，最怕的，可不就是找不准自己的位置吗？一个将近四十的女人，学历那么高，单身一人，还想不想再婚了？我常晓这是做什么？天下有几个男人能做到呢，向你主动伸出双手，伸出橄榄枝，追求你、讨好你，这是慈善呀，这是赈灾呀，这是人间大爱啊，你居然还敢说改天再说？

他不做任何应答，立刻将电话挂掉。

两天后，万紫自己想通了，灰溜溜地找对了自己的位置，主动向常晓道歉，并且打扮得格外性感，来找常晓吃饭。说："今天我请你。"

从那以后，万紫就被收服了。他们之间的相处模式也成了一种比较固定的模式。常晓生气，万紫就会哄；万紫生气，常晓会说："你冷静冷静也好。我先走了。"

有一次，万紫趁常晓心情好，跟他辩这个理。常晓拿大词糊弄她，绕了半天口舌，说："这是福柯式的一种男女关系。"

万紫说："我看是梁山式的，你明显在以强欺弱。"

"这么说，你自认弱我一等？"

万紫翻白眼，看着常晓得意地笑，心里说，大人不计小人过，女人不和男人斗。

一年后，乔茵来到了北京，那时常晓和万紫已经谈到过结婚的事了。只是这个话题，还有点像刚刚有了感觉的年轻男女，嘴唇碰了好几次，也没有热吻，是试探性的，每次见面，每次说起这个话题，都忍不住要伸出嘴唇，试探试探。

乔茵的到来，让这份试探变得更漫长了，简直就好像舌头被割了，没有再热吻的指望了。

常晓的孩子跟前妻在一起，而且刚上了大学，就在北京。

他每周会跟孩子约一次，父子俩见见面，他大多问问儿子的学习情况，然后可能会给儿子点钱，但也可能会不高兴地说："怎么又要钱，我这么养着你，容易吗？我还有自己的生活，你也岁数不小了，适当地勤工俭学考虑过没有呢？假期要旅行，平时要穿名牌，你这简直像是个纨绔子弟嘛，对未来到底有没有什么规划？下次见面，我要你跟我谈谈你的人生想法，大学毕业后做什么，留学，还是国内读硕士，还是去上班？你是男人了，这些问题，必须要多多考虑了……"

他心情不好时，才会这么语重心长。因为等下一周再见，他心情很好，早已忘记了向儿子要人生规划书。他不仅请儿子吃法国菜，而且拿出一千块钱给儿子，让他买个高级点的滑板。

很帅，很拉风的哟。

他这么说，还挤眉弄眼的。

和常晓儿子对他的看法一样，乔茵也死看不上妈妈的这个男朋友。什么啊，腿那么短，个子那么矮，肚子那么大，说起话来，�’’的，显摆得不行。

癞蛤蟆，乔茵从此对万紫从不叫常晓的名字，只说癞蛤蟆。你又去见癞蛤蟆？见万紫倒饬，她就这么说，那癞蛤蟆开车来接你吗？

"在说什么呢。"万紫一边把自己的身体往裙子里塞，一边说："人家怎么就是癞蛤蟆了？人家是著名的经济学家，著作等身，你得尊重一点人，不能这样说常叔叔。"

乔茵不屑道："妈，你太妄自菲薄了，干吗跟他约会。"

万紫说："我没有妄自菲薄啊，我也是博士啊，没有觉得比他差啊。"

女儿说出这样的话，让万紫很是心虚。她想，难道乔茵看出她在迁就常晓了？不会啊，他们总共才见过一两次面。

可乔茵的意思却是："我觉得你能配得上更好的男人。"

原来是他不配她。

万紫走出门好久，还在回味女儿这话，这话让她感动，至少说明在孩子心目中，她还是有一定地位的。乔茵给了她自信，可是她还是不知道是否可以和常晓分手。

那是乔茵和万紫之间不可多得的比较推心置腹的谈话。万紫知道乔茵不喜欢常晓，也不再勉强他们见面，尤其是乔茵在逃学的事败露后，她再也不在周末出去约会了。定定地守着乔茵，即便一人一个房间也绝不离开她半步。

人和人之间，都是有气场的。气场不对头，肯定就很难聚集在一起。这份反感，或是喜欢，很有点没由头的意思。

常晓也不喜欢乔茵——他可能很少喜欢什么人，只是会知道可以利用什么人吧。既然万紫全面臣服，乔茵的可利用性就不很大，既然利用性不高，他凭什么要喜欢她呢？

但最近情况却有些麻烦，命运逼着他，要他非得喜欢乔茵不可了。

事情得从上个月说起。

应该说，常晓比万紫，更早地就知道了乔茵在逃学的事儿。

那一天，他和自己的一个女研究生正出去转转——有首歌不是这么唱的吗？"常出去转转，出去转转，哪怕是北海、香山还有玉渊潭"，整天待在课堂里干什么？学问是转出来的，而不是坐出来的。

常晓的这个女研究生，姓钱，刚刚二十四岁，脖子上挂着手机，手腕上套着亮光闪闪的一个小袋子，里面装的估计是数码相机或MP4这样的先进武器。长腿，长发，长腰，又称"钱三长"。钱三长紧紧地挎住常晓的胳膊，用水泄不通来形容，刚刚合适。

春天来了，她的小心情非常激动。自己的男友，不大讨人欢心，偏偏导师是个单身，这不是上帝之手，也得叫神来之笔吧？

乍暖还寒，钱三长同学已经穿上了短裤。常晓带着她，准备从颐和园的后门进去。刚走到一排小平房前，乔茵突然跳了出来。那阵柳枝刚刚发芽，鹅黄树下，乔茵一脸得意之色，看着常晓和钱三长，嘿嘿一笑，说："叔叔，您逛街呢？"

又一指钱三长："这个姐姐是谁呀？您女儿吗？"

钱三长被这么一说，就有些脸上挂不住了，将胳膊从常晓的胳膊上放了下来。眼睛不客气地打量着乔茵。乔茵不是一个人，身后还有几个半大小子，几个人正围着一张破桌子，在树荫底下喝啤酒呢！

常晓虎了脸："乔茵你咋没去上学呢？"说着手一挥，横扫一大片："这些个小流氓，又是怎么回事？"

乔茵这脾气，听常晓这么说话，能不火吗？"你这么大岁数的人，怎么说话呢？什么就叫这些个小流氓啦？再流氓，有你这么流氓吗？一把年纪的，带着个年轻小姑娘，招摇过市的，你这不是要流氓，还是体验生活啊？"

常晓被乔茵骂得狗血喷头，他还从没有这么狼狈过。要是脚下有个盆，登时几口血就会吐出来。钱三长见老师面皮涨紫，方寸大乱，不由很是生气，重新将胳膊绕进老师的胳膊里，拉着他就走，嘴里还念叨着："走，别理这帮没文化的小混混。"

乔茵就站在后面，叉着腰，完全一副小青皮的样子："姐姐哟，你慢些走慢些走，你的大腿鸡皮疙瘩可都起来啦。"

身后的邵飞啦，春儿啦，还有特意跑出来跟他们混的遥遥啦、溜达啦，都一起大笑起来。还打呼哨，还替他们喊口令："一二一，左右左。"

常晓被钱三长这么拐达着进了颐和园，心里那个憋屈呀，难受呀，有

97

口说不出呀。

钱三长是什么，如果一大桌子菜，钱三长就是那碟刚上桌的麻辣萝卜皮，吃着挺爽口，也很开胃，可招不住真拿她当菜吃呀。万紫是什么，万紫什么都是，可以是主食，可以是小炒，还可以是馒头吃罢后喝的那碗勾缝的稀粥。

他常晓不是浅薄之人，随便找个大姑娘，就让自己的人生得到了满足。他知道人们对此背后会怎么说三道四，他也知道自己并不真心喜欢那些个大姑娘。女人嘛，时间稍微一长，哪有不烦人的呢？说真的，还不如男的呢，男人相处久了，并不觉得有女人那么令人厌烦。既然都是个烦人，不如找个能对自己特好，别让自己太累的。

万紫学历高，工作好，赚得也多，最主要的是，人还比较漂亮，心地也很单纯，而且没有文科女生的矫情劲。她有母性的情怀，又有大地的宽容，这样的女人，最适合做老婆了。钱三长呢？钱三长只能当适当开胃的小情人，而且她也太不自量力了。

想到这里，常晓就站住了，面带愠色地说："天这么冷你咋穿这么短的裤子呢？"

这天晚上，常晓做贼心虚，主动给万紫发了短信。

"你在干吗呢？"他问，装作啥事没有，想探探风声。

万紫还在加班，正累得心烦意乱，看到这个短信，心里有点温暖。举着手机，凑在大的日光灯下，仿佛这几个字，像慢动作一样，从常晓那边，一个字一个字地飘了过来。你、在、干、吗、呢？他是想她了吗，还是想提醒她不要太累了，或者只是，春天的暖风，已经吹进了房间，人人都想换上单衣，去外面走走？

她放下了手边的工作，捏着手机，站到了窗户前面。外面的街道，很是漂亮，有一种比平日说不出来的好看。她嘴边带着笑，给常晓回信："我想你啦。"

这撒娇的、个人化的、甚至有点故作童稚的风格，并不是万紫平时的风格。常晓收到这几个字，就有些忐忑，他想，难道万紫知道了什么？她这样是为了讽刺他？

于是，他并不接应，而是说："还在公司？"

万紫见没有得到应有的回应，心里多少有些失落。这不是常晓的态度呀，常晓经常自诩文科出身，情商大大高于万紫，哪里有这样的情商呢？人家说了一个我想你了，你至少应该回一句"哪里想"，对不对？

万紫再回，就恢复成了平时的样子："在加班，要很晚。一个报告，今天得赶出来。好吧，我忙了。"

这下，常晓放心了。看来万紫什么也不知道，乔茵也没有告诉她妈。他立刻跟上一句："宝贝，你要照顾好自己，好好吃饭，要我送饭来给你吗，不为别的，就是想见见你。"

万紫破涕为笑："不用！"

乔茵为什么没有告诉万紫呢？这是常晓百般想不通的事。

她不是一直都不喜欢自己吗？她看他的眼神，就像看一只癞蛤蟆似的。关于这个，常晓早就很不满意了，但他能跟孩子计较吗？何况万紫也说，孩子住校，很少见面，再过两年，就上大学了，这就意味着独立了。孩子大了，过自己的生活，才更重要。

常晓明白她的潜台词，孩子离开家了，我需要一个老伴了。他同意她的说法，只是乔茵对他不满意，他也就放缓了再婚的步伐。至少等乔茵离开家再说吧。这世道，本来就活得那么累，没必要再自己给自己找麻烦。

可第二天，麻烦就主动找上门来了。手机响，号码陌生，接通了，却正是乔茵："常叔叔，你在哪里呀？"

看看时间，早上十一点，乔茵难道没有上课吗，可以这么随便打电话的？

"怎么啦？"

"想去看看你呢。"她的声音里全是憋不住的笑，常晓眼前顿时浮现出另外几个坏小子趴在跟前唧唧歪歪的样子来。他浑身上下像长了刺，立刻又痒又痛。

"你没去上学吗？"话还没出口，他就意识到，经过了昨天那一幕，他基本已经没有资格问她学习的事情了。

他正好在院长办公室。他想，让这帮小蟊贼来吧，他们来了，见到这么宏伟的经管学院大楼，再爬五层楼后，走进仿佛会议室那么大、装修得金碧辉煌的办公室，她总会有所震慑吧，总不敢再拿他的事儿，没大没小，开玩笑吧。

还真快，半个小时后，乔茵就站在门口敲门了。她是一个人来的，并没有带那些个小流氓。而且，她穿得很正式，既没有昨天破了洞的牛仔裤，也没有五彩绳扎的冲天辫。她两手还插在灰扑扑的夹克外套的口袋里呢。

"嗬，这里还挺好看的嘛。"她说，来北京时间并不长，可她说起北京姑娘的那种普通话，那骄傲劲，那长腔拖的，有模有样的。

"坐吧。"常晓并不站起来，他坐在那么大张桌子后面，显得自己更矮了。可他挺得意，也假装没有发现乔茵见着癞蛤蟆后，憋着的一肚子坏笑。

他指着对面的沙发，请乔茵坐下。又问一句："要喝水吗？"

他常晓是吃素的吗？当然不是，跟这么个小鬼打交道，他可太胸有成竹了。

乔茵今天来干什么？在她路上的那半个小时里，常晓自己已经作了深刻的分析。无非两点：一是威胁他，不许再跟钱三长来往。二是要挟他，让他乘机离开她妈，遂了她早看不惯他的心愿。

这两点，常晓觉得都没问题。跟钱三长，他本来也没做什么打算。如果乔茵说了，他至多说一句："肯定的，我心里还是很爱你母亲的。"或者再为难一下："现在的女孩子，你不知道，多会缠人。"

至于第二点，如果她一定要坚持，那他常晓也没有办法。四十岁的男人了，怎么也都该明白顺天理这个道理了是不是。

所谓顺天理的意思，就是别给自己找麻烦嘛。

他不吭声，等着乔茵主动开口。

乔茵说："常叔叔，借我一万块钱。"

常晓一惊。他怎么也没有想到，乔茵说的第一句话竟是这个。

"要做什么？这么多钱？"

他不是傻子，他当然知道这钱不是借，而是强要。他脑子里立刻快速计算起来，如果他不给乔茵借钱，最坏的情况，无非就是乔茵把这事告诉万紫。但如果花一万块钱来买这个消息，实在是有点贵了。

"不行，没有。"他立刻说。

乔茵从口袋里掏出手机："叔叔，你看这是什么？"

屏幕上豁然是他和钱三长胳膊缠着胳膊，身体恍如相扑运动员缠在一起的亲密样。他下意识地，伸手去抢，乔茵放进了口袋。

接着，她说了另一句真的癞蛤蟆也会心惊肉跳的话："你不给我钱，也行，可你就不怕我给你贴到网络上去呀？"

第九章
痴呆

北大是一个学校，也是一个社区和一种氛围。

万紫这段时间，每周有两个晚上，都要去那里听课。课程是关于管理方面的，人员都是类似她这样的公司高管。大家白天已经很忙，晚上还要打起精神，听老师讲课，不用开口，就能看出每个人脸上都有的紧张之色。

常晓听万紫上这样的课，很是不屑一顾："不如我床头喂你几条，就够了。"

万紫拿常晓膨胀的自恋没有办法。她唯一能做到的，就是在车里放上张蕙兰的瑜伽音乐，上完课回家的路上，给自己做点心理减压。

越是忙，事情就越多。乔茵逃课的事，突然显现。经过和几个家长的联系，再和老师商量后，万紫意识到光是把乔茵关在家里，肯定不是解决的办法。

她开始四处托人打听什么样的艺术学校更好一些，她这个更好的意思是，对方文化课抓得比较紧。因为她还是希望，高三毕业，乔茵能考个差不离的大学呀。

正在这边忙得连轴转，四川的表姐突然来了电话，说母亲生病了。让她务必抽空回去一趟。

万紫的舅舅，两年前重病去世了。舅母去了内江的小女儿那里，资中只留下了这个比万紫大五岁的表姐。

母亲生病，万紫当然要回去。两年前，她回老家参加舅舅的葬礼，母亲对她的态度才发生了改变。她叫她妈，她会点点头，但却很少跟她说话，也从不主动问她的任何事情，比方乔茵多大了，工作怎么样，个人感情有没有进展之类。她会说，吃饭不？或是，做点菜皮子、粉蒸牛肉来吃吧。

万紫让妈跟她去北京，妈妈摇头，不说话，但态度是极坚决的。这令万紫心里很难过，她还是不能原谅她吧？可是妈妈的样子，似乎已经不存在原谅不原谅了。她表情散淡，记性和听力都不大好。每天早上，还是要早早去铺里开门，坐在黑糊糊的小店里，她一待就是一整天。

以后万紫会常将电话打回家，每周至少会打一次。妈妈有时会接，有时干脆不接。问她为什么，她也是淡淡的，回答道：说不清楚。

上周，她打回去，母亲还哼啊哈地，跟她应付了几句。这一年来，基本上都是她在说，母亲发出点声音来应答。所以听到表姐口气颇为紧张，她立刻想，是不是出了什么意外的状况？

心脏病，脑血栓，还是中风什么的？

她请了两天假，给常晓打了个电话，又把乔茵叫回了家。乔茵进门时，一脸不快，但见地上放着个行李包，就不再发作，说："原来你要出差啊。"

万紫说："你跟我一块去。"

乔茵惊慌地："去哪里？我干吗跟你一起去？"

"去看外婆。"万紫看看时间："得赶紧出发了，机票我已经定了。你的换洗衣服，我也都给你带上了。"

乔茵见万紫脸色沉重，小心地问："外婆病了吗？"

万紫说："是的，如果是最后一面，你得去让她看看你。如果还有的救，你陪我去，帮我将她带到北京来。"

乔茵就不说话了。跟着母亲出了门。两人打出租车去机场，乔茵打手机，像在安排什么大事："我不在你们可一定要盯紧一点，别浪费钱，抓紧时间办。"

万紫说："你们又在干什么，什么别浪费钱的，抓紧办的，做什么事呢？"

"没事，玩呢。"乔茵白了她一眼，一副你少问我的表情。

飞机上，母女俩也是话不投机半句多。乔茵耳朵用耳机塞得满满的，万紫叫她，就算听见了也装做听不见。万紫给表姐发了一条短信："妈妈人现在在哪里？"

表姐回："在我这里。"

万紫："谢谢你。"

心里却胡思乱想。为什么在表姐家，却不是在医院呢？难道表姐是怕交住院费用，是在等她回去才作决定吗？另一方面，妈妈没有去医院，是不是说明病不够严重呢？

到了成都，来不及赶火车，包了一辆小车，直接去了资中。到表姐家，已经下午三点多了。中途路过母亲开的那个烟铺，卷闸门果然关着，她想摇摇乔茵的胳膊，指给她看，可见她冷漠的表情，就闭上了嘴。

　　表姐家在三楼，人却早早就站在了楼下。万紫一过去，她就抓住了万紫的手，大呼小叫地形容起来："不知道怎么的，铺子也不管了，就那么走到了街上去了。尿啊屎啊的拉了一裤裆，滴滴答答地走在路上。叫她她也不回头，一点表情也没得。四姑曾是个多么利索的人啊，硬是造孽啊，好多人围起来看，还有娃娃拿石头扔的，硬是拿四姑当了疯子喽。"

　　表姐的大嗓门，在走廊里回音很大。天气已经有点热了，万紫听到这些，顿时就觉得汗水湿透了全身，脚步也踉跄起来。她一步跨进了门，霍然看见的，正坐在小板凳上，拿着半块瓜在吃的母亲。

　　春节万紫才见过她的，这才几个月，整个人仿佛瘦了一半。头发全白了，乱蓬蓬的，穿着件小碎花的长袖衬衣，下身只有一条短裤衩。两条腿露在外面，皮松松的。

　　"妈。"万紫一下扔了包，扑了过去。母亲这个样子，实在太出人意料了，严格说起来，她六十岁还不到呢，这是怎么了？

　　表姐在一边解释："四姑大小便自己不知道了，我就没给她穿裤子。"

　　万紫蹲在母亲脚边。她意识到她坐这样一个小板凳，也是因为大小便的问题。母亲对她的到来，并没有任何反应。她只是有点害怕，刚要放到嘴里的西瓜，又停了下来。迟钝了片刻，她说："你吃。"

　　乔茵站得远远的。一脚门里一脚门外的，她也被吓坏了，怎么也没有想到自己的外婆会是这个样子。她还没有见过外婆呢，春节回四川，也是坚决只要待在成都，不肯回资中。在她的想象里，外婆是个安静甚或孤僻的老太太，因为她几乎没有她的任何消息，连通过母亲问问她的情况都没有过。母亲和外婆的关系也很别扭，虽然妈妈什么都没有对她说过，但她是能感觉到一二的。

　　没有想到，见到她时，她却是这样一个矮小、瘦弱、疯癫、痴傻的老太太。乔茵心里很不舒服，无论怎样她不喜欢，她还是和她有血缘关系，是和她一脉相承的女人。她在她的脸上，看到妈妈和她都有的大眼睛。

万紫眼泪长长地流下。她开始在心里回忆跟母亲最近通话时的点滴。她似乎已经很久没有听到母亲说自己的情况了。她一直以为那是疙瘩未消，母亲在应付她，却没有想到，她的大脑已经出了问题。

万紫二话不说，搊起母亲站起身，就要去县医院。表姐说："那我还有事情，我就不去了。喏，这是你妈家里的钥匙。"

是赶人走的语气。万紫点点头客气地表示感谢。毕竟这两日，多亏人家照应。喊着叫乔茵过来帮忙，母亲胳膊一举起来，浑身说不出的馊臭味，也不知多长时间没有洗澡了。乔茵眉头皱了起来，忙不迭就要向后退。

还是表姐过来，在另一边搀紧老太太。两人扶着下了楼，叫了一辆蹬三轮的过来。万紫将母亲搊上车，乔茵提着包，跟着上来了。

门诊上基本就确定，是老年痴呆。等再做了CT，医生就说："要么一步也离不开人，要么得送专业的护理医院。"

万紫拿着诊断，带着母亲和乔茵回母亲在资中的住处。是套很小的房子，现在已旧不堪言，前院后窗，都在盖新楼。窗户照不进什么光线，门一打开，扑鼻的霉味，还有食物腐烂的味道。万紫这才看见，地上到处都扔着馒头，脚下差点滑倒，居然是剩的白菜。

厨房、卧室、客厅，到处都是长了毛的剩饭剩菜，到处都是衣服袜子，到处都是碎纸破报纸，她这样有多长时间了？

这回乔茵听话了。脱了牛仔裤，换了一身家居服，跟着万紫一起打扫起房间来。万紫一句话也不想说，只想尽快整理干净，然后给母亲洗个澡，让她躺下来。母女俩一口气干了一个多小时，终于房间收拾好了。这中间，母亲坐在椅子上，眼神特别的安详。

万紫的眼泪，时不时地往外冒。一个问题，一直让她放不下，如果按医生说的，母亲大脑病变两三年前就开始了的话，那么她突然不再跟她生气，到底是因为原谅了她呢，还只是生病的缘故？

到了傍晚，一切都收拾停当了。母亲换了衣服，干干净净地坐在房间里。万紫说出去买点吃的回来，乔茵就跳起来："不，别把我和外婆单独放在一起，我害怕。"

万紫说："那你去买？你知道怎么走，怎么回吗？还有，还要给外婆买一些护理用品，纸尿布，一次性湿纸巾，你会买？"

乔茵担心地看着外婆，万紫明白，她是真的害怕。可那又怎样："你得留下来，我去去就来，外婆不能离开人。"

"我们把门锁上，不就行了？"

"她会跳楼的。"万紫很累，实在不耐烦了，口气不由严厉了起来："你是个大孩子了，为什么就不能听话懂事一点呢。家里出了事，可不可以帮妈妈分担一些？"

乔茵�’着嘴，小声嘟囔："那你得尽快回来。"

万紫向门外走，刚拉开门，母亲突然嘴里哼了一声："书包，背上书包。"

万紫扭头看她，她躺在床上，可眼睛直直地盯着她看。这话，的确是说给她听的。她在叫万紫带上书包！

万紫说："好的，妈。"

她出了门，才意识到母亲在刚才那一刻，是认出她了的。她回到了她小的时候，以为她这是去上学念书呢。

随后的两天，万紫帮母亲处理掉了烟店，把这套房子交给了表姐，让她代卖。家具锅碗几乎全都卖给了收破烂的。她带着母亲，回成都，去机场，直接登上了回北京的航班。

母亲一路表现得都很乖，除了大小便和喝汤需要人照料外，其他都还能自理。尤其是飞机餐，她好像特别爱吃。吃完了自己的一份，又指着万紫一点也没有胃口吃的米饭，还要。

万紫的心理还没有调整过来。她还是觉得母亲很威严，随时都会教导她。她没法接受突然变成了孩子的母亲，她不仅对自己对别人都没有了要求，而且当万紫给她换尿布时，她还会像小孩一样地，一脸坏笑着躲躲闪闪。

这让万紫痛苦当中增添了无数的委屈。世上最疼爱的她的那个人走了，套用一篇文章的题目，她霍然知道，虽然母亲还在，可是母爱却离她远了。

心里包着满满的酸楚，三个女人回到了家里。乔茵走了这一趟，似乎长大了一些。她知道万紫心烦，不再像以前那样，动不动说点怪话去招惹她。万紫回单位去销假，她也乖乖地在家里陪着老太太。

这天晚上，万紫去北大听课。上了一半，乔茵打来电话，带着哭腔，说外婆不见了。

万紫众目睽睽之下，只好拎着包，驼着背，从老师的眼皮底下鬼头鬼脑地开溜。上了车，让乔茵仔细告诉她情况。乔茵哭哭啼啼地，说自己嘴馋，跑到一楼人家从窗口开的小店里，买了个冰淇淋，总共三分钟不到的事，上来外婆就不见了。房门大开着。

万紫说："那应该没有跑出单元啊，你不是一直在一楼吗？"

乔茵说没错呀，可是妈妈，外婆她会用电梯吗？我是从电梯上下的，等想起来，又再跑了一趟楼梯，也没见外婆啊。

万紫心想，坏事了。她家住在六楼，平时上下都是电梯，房子说高不高，说低不低，母亲没住过电梯房，她一定想不到要去坐电梯，可能直接从楼梯下了。就在乔茵回家的那一阵儿，她溜出去了。

大天黑的，万紫从北大开车回去，还有好一段路要走。她心急如焚，脑子里不停出现可怕的画面：母亲被车撞了，母亲再也找不到了，母亲突然生病了，母亲从此流浪街头了……

快到自己家那条街了，她放慢了车速，开始东张西望起来。虽时间已晚，街上人却还是不老少，开小饭馆的，卖烤肉串的，摆干果摊的，哪里有老太太的影子啊。

万紫把车停进了小区，乔茵跑过来，一脸慌张，说着孩子气的话："我还给外婆买了一个冰淇淋呢。"

万紫难得见到这孩子这么跟她心贴心，不由心里一暖，摸了摸乔茵的脸，说："不怪你，会找到的。你先回家去，把门就那么开着，也说不定外婆自己就回来了。我现在去附近的街上溜达溜达。"

乔茵点点头，撒腿就跑。万紫赶紧转身，问小区的保安，又问一楼的住户，都说没有看见老太太出了门。万紫说："你们不是有录像吗，要不看看，从哪个方向走了？"

保安一脸别扭："录像是做样子的，其实早坏了。"

来不及听全，万紫扭身就走。左边街人多，摊多，她想当然母亲会图热闹往那边走。街道不长，走到头也就十几分钟，没人。问问路边摆摊的，是否看见了个老太太，不是说没注意，就是说没有。

万紫在街上找了两个多小时，中途给常晓打了个电话，告诉了他大概情况。常晓说自己在外面谈事，走不开，不能来帮她。但他提醒她，给管区派出所赶紧拨个电话。

常晓说出这样的话，基本在万紫预料之中。如果他不顾一切地来帮她找母亲，她才会大吃一惊呢。

精疲力竭地走上楼，万紫见房门果真还是大开着。刚要进屋，电梯突然叮地一响，停在了她们这一层。门大开，万紫吃惊地发现，母亲一个人从里面走了出来。脸上笑嘻嘻的，身上并没有什么不妥的地方，干干净净的，哪有一点像个病人呢。万紫一把抓住了她，问她："妈，你去哪里了？"

她再看电梯，是从上面下来的。她立刻心里一惊，刚才自己和乔茵大意了，怎么就没有想到她会跑楼上去呢？难怪下面的人都说没有看见她。

母亲伸出手，指指天："去看星星了。"

万紫一个刹那，心里说不出的高兴，母亲口齿这么清晰，她立刻问她："妈，我是谁你知道吧。"

母亲突然呆着，看着她的脸，紧张地思索着，上帝啊，她又不认识她了。

万紫安排母亲睡后，自己搭乘电梯，上到了楼顶。那里有个小花园，是给住户们夏日乘凉做的。万紫上去，找了个地方坐了下来。天上哪里能看到星星呢，对着天空仰望，只是母亲小时候的一些记忆吧。

她是知道，坐在这样一个地方，就离天比较近吗？还是，她真的看见了星星？

万紫抬着头，久久看着天空，她心里想着母亲坐在这里的样子，两个多小时，她想到了什么呢？

这次意外后，随后短短的一星期，老太太又出了两次事。一次是万紫在厨房做菜时，她突然就拉开门跑了。幸好这时，小区保安，四邻八舍，都知道她是什么情况了。而且正是中午人来人往的时候，没一会儿，就被人送回来了。

　　还有一次，更悬乎，收废纸的当间，万紫就进屋去拿点破烂，就给她跑掉了。收废纸的又不知道老太太不正常，可他一直看着她。等万紫出来，他就告诉万紫，老太太进了电梯，上楼了。

　　母亲是什么时候学会了坐电梯的，这也是一个万紫心中的谜团。顾不上多想，她立马追上楼去，果真，她又去楼顶了。

　　见万紫走过来，她知道是要批评她的，不由有些胆怯，露出狡辩的神情："我是想看星星，看星星。"

　　万紫搂住她的肩膀。抱住了她。母亲安静了下来，不一会儿，她居然把头靠在了万紫的肩头。

　　万紫心里很酸，她在想母亲这一生，可以说是历经坎坷。她从没有在亲人那里得到过多少爱，无论是丈夫的爱情，还是她这个做女儿的爱。她已经很久很久没有被人这么搂抱过了吧。她一直在和命运做着抗争，这种抗争，更多是以付出女人的温柔、宽容、平和为代价的。

　　一周后，万紫必须要上班了，她决定送母亲去一家民营的康复医院。那里条件还可以，就是价钱贵了点。这样一来，乔茵是不能再去艺术学校上学了，而且，下学期，可能还得转到公立学校来读书。

　　她不知道乔茵听到这话会怎么想，但这个时候，她没法考虑太多。送母亲去医院那天，老人仿佛知道要离开她了，她神色变得非常恍惚，也很紧张，手不停地抖动，突然一下，又抱住了万紫的腰。

　　待万紫带母亲上了车，她却安静了。一路上什么话都没有，眼睛看着车窗外，说不出的安详和沉默。

　　母亲住在一个两人病房里，旁边也是一个腿脚半残的老太太，但大脑还很清醒，她见来了人，很高兴。岁数太大了，看起来挥挥手都要费好大的力气。母亲看着她，有点愣愣的，又抬起头来看万紫，似乎希望万紫给她一个解释。

万紫低下腰，让母亲脱了鞋，腿放在床上休息。护士在做入院前的一些检查，血压、体温、诊脉，母亲像小孩子，两手紧紧地贴在大腿上，表情很是严肃。

　　万紫也不说话。看着俩老太太偷偷地拿眼神在交流，不由觉得很是好笑。

　　"你可以走了。"护士对万紫说，"让她尽快适应这里吧。我们这里很多她这样的老人，每天做做集体操，说说话，还挺好的。"

　　万紫点点头，还是走到病床跟前，对母亲说了一声："妈，我走了。以后每个周末，我都来看你。"

　　母亲胳膊夹着体温表，鼓着嘴巴，一动一动。但眼睛一直跟着她在动，见她走到了门口，突然怪叫了一声，坐了起来："书包，背好书包。"

　　再一个周末，她去看母亲。医院里不许带吃的，她便买了一束鲜花，还有一身衣服。

　　医生先将她叫到办公室，说需要再打进三千块钱来。因为一些初期检查，发现了问题，比方眼老化，肝囊肿，给了药。万紫上次交付住院费用，工资卡上已经没有一分钱了，这月的还贷都还没有着落，心里颇不舒服，但又能怎样，人都住进来了，还领走不成？

　　只能用透支信用卡了。

　　去找母亲，母亲却并不在房间里，而是穿着病号服，坐在外面的小花园里。她好像看着什么，又好像什么也没有看。大太阳的，晒了很久了吧。万紫伸出手从衣领进去，摸了摸母亲的后背，果真全都是汗。她又悲又气，立刻大声喊护士过来。指着母亲问："老人可以这么一直晒太阳吗？你就不怕她昏过去吗？"

　　护士却并不着急，一把拿出一个本子来看记录："才刚刚一个小时，这不算多的。日光浴对老人有好处！"

　　"这么说，是你们带她坐到这里的？"

　　"是医生这么安排的。"

　　万紫扭身就去找医生，"为什么要让身体衰弱的老人坐在大太阳底下！"

刚出了三千块，本来就一肚子怨气，他这不是往枪口上撞吗？

医生立刻站起身，息事宁人地："好好好，你们可以提自己的要求。你家老太太，以后就不带到外面去晒太阳了。我听护士说，她对出去还是很高兴的，说可以看花。"

"她知道什么，她喜欢看花，你们不会给她房间里经常放放花吗？干吗要让她在太阳底下晒那么久，换了你正常人，你能愿意，你能受得了？"

她从没有这么大声地、歇斯底里地、一心想疯狂到底地跟人说过话。她这是怎么了？正是周末，好多家属都来看病人，听见医生办公室传出这样的声音，立刻就有人围了过来。医生也慌了，赶忙着让护士关门。又对她说："好吧，这次算我们医院照顾失误，这样吧，那三千块钱，我们也不要你的了。"

他倒是聪明，仿佛知道万紫的怨气从何而来。可是这真的是万紫需要的吗？她只是因为不想出那三千块钱吗？

看见母亲低头坐在太阳下傻笑，她心里涌出的是负疚啊，母亲为她牺牲了一切，可她需要她的时候，她却没法照顾她。以致让母亲像一个待宰的羔羊一样，任人处置。万紫再也忍不住了，她突然嚎啕大哭起来，嘴里还在嚷着："那么大的太阳啊！那么大的太阳啊！"

她这算不算将母亲扔了？为什么她总是要纠缠在这样的痛苦当中？孩子小的时候，为了生活，放弃了女儿。母亲老了，为了生活，她又放弃了母亲？

钱啊，真是万恶之源，难道它必须得靠牺牲亲情才能得到吗？

医生怕外面人看，索性连窗帘都拉了起来。他拍着她的肩膀，用善解人意的语气说："是是是，我们考虑不周。老人出汗，也容易感冒。开春后才开始实施的日光浴，这两天天气已经热了，我们一定会注意的。还有，其实，你看，现在才上午十来点，太阳也并不大。"

听他这么说，万紫哭得更厉害了。医生不再说话，等她哭完，然后递纸巾给她。

最后说："那三千块钱还给你。"

万紫红着眼圈出了门，母亲已经坐在自己病房里了，而且换上了她给买的新衣服。瓶子里也插上了花。这一天医院规定病人可以被家属带出去几个小时，万紫决定带母亲去附近转转，然后吃顿中饭后，再送她回来。

她问不出她什么消息，在医院吃得好吗，睡得好吗，有人玩吗，护士医生好吗？妈妈只是嘿嘿笑着，什么也不回答。偶然看见车窗外有草坪，会伸出手去指。

虽然万紫也知道，这个病的发展，其实是很快的。可是她还是觉得母亲说话动作迟缓了很多，也许是跟住院有关。这样想着，让她的内心就更加煎熬，她伸出手去，摸了摸母亲的脸，想看看她瘦了没有，母亲却伸出手，抓住了她，将脸贴在了她的手上。

万紫有时候会想，上帝的确是很奇妙的。如果母亲没有这病，她一定还会和从前一样，对她气恨在心里吧，别说让她搂抱她，抚摩她，靠着她，就是她叫她一声妈，她都不会答应的吧？

可是现在，某种程度上，她不仅认出了她，还回到了她的童年，那是母女俩相依为命、亲情最浓烈，也最纯真的一段岁月。

吃饭的时候，万紫给母亲戴了一个玉石的手镯。还是好多年前，别人送她的。母亲显然特别喜欢，一会儿拿起来，对着阳光看看，一会儿又放在耳朵边听一听。万紫见母亲高兴，心里也难得的快乐。

突然母亲笑吟吟地问："万紫，你做了妈妈了吧？"

万紫仰着脸，眼泪哗地又流了出来。

那天从医院回到家里，万紫心情好了很多。不仅是三千块钱的问题，而是母亲问到她做妈妈的那句话。她觉得这意味着母亲已经接受了当年她辜负她，早早退学结婚生育的事实了。而且她已经原谅她了。

可是晚上，当她告诉乔茵，家里没有钱，不能让她去上艺术学校了，乔茵却瞪大了眼睛，一副无法接受的表情。

"为什么要牺牲我的前途，来成就一个患了痴呆症的老人？"

万紫吃惊地望着女儿，她怎么能说出如此自私的话来。

"不行，我一定要上艺术学校，我要学作曲，学跳舞。这是我的人生，没有这些，我什么都不是。"

"可是乔茵，我们没有钱了。学作曲学跳舞，你可以业余学啊。"

"妈妈，你是什么时代的人啊。这些东西，现在哪有人业余能学到的。都得去专业的院校。你为什么就没有钱了，那个癞蛤蟆呢，他不是你的男朋友吗，他那么有钱，你碰到了困难，难道他不该给你帮忙吗？你去问他要！"

万紫有很多很多理由可以对女儿讲，可是她跑了一天，太累了。她不想跟乔茵吵架，也不想在这个问题上过分偏袒常晓。而且这段时间，她和乔茵的关系刚有好转，她不能再次激化矛盾。于是她只好摇摇头，冷淡地说了句："不可以。"

"为什么？"

"因为他是癞蛤蟆啊。"

第十章
欺 骗

去四川前,乔茵的乐队,用六千块钱买到了一首他们觉得非常适合自己的歌曲。这六千块钱,正是乔茵从常晓那里弄来的。

虽然常晓目露凶光,并且一个劲地嚷嚷,小孩子拿这么多钱要死啊,可其实呢,乔茵他们要做的事,这点钱根本不够。

比较专业的录音棚,一天的租金,差不多就要1000元,一首歌,录制下来,也要好几百。这首漂亮的歌曲,可以作为主打歌,其他他们自己写的,还有七八首。整个唱片灌制下来,一万,还真的不够。

几个孩子是想,录制好后,将CD再拿到一些大的唱片公司去推销。他们认定他们能火,至少中学生这个阶层,会喜欢。他们的歌曲,写的多是真实的中学生活,是他们真实的欢乐、烦恼和期盼,没有理由不火啊。

乔茵是主唱,春儿走后,她还做了吉他手,还是词作者。溜达写出个大概的曲子,等排练时,大家再一起修改润色。乔茵当然地,就成了乐队的老大。甚至连搞钱这样的事,她都大包大揽地接过来。

外婆的事,让他们的排练耽搁了不少时间,还错过了几次广场免费的演出。所以,这一切重上正轨后,乐队的排练立刻抓紧了起来。

可是乔茵的情绪却一直不高。连整天眼里只有遥遥的邵飞,都发现了。

"怎么了,乔茵?你外婆的痴呆传染啊?"

乔茵飞他一脚:"小子你骂我有病,不想混了是不是?"

"那咋的啦?"溜达走过来,这是现在常能见到的男孩子,瘦瘦的,皮猴样,细眼睛,长眉毛,头发剪成七上八下,陡峭山形,鬓角处还挺长。

他搂住乔茵的肩膀,他挺喜欢乔茵,这谁都能看得出来。可乔茵无所谓,好也可以,不好也可以。干吗非要弄成固定的关系?

乔茵是这个态度,就让溜达有那么一点担心。他担心乔茵瞧不起他,可是她却让他吻她,抱她。但乔茵不肯对他撒娇,更别提说心里话。明明心烦意乱,可他偏偏什么也问不出来。

乔茵恶狠狠地,一摔肩膀,说:"你少管我。"

她是在为不能去上艺术学校而烦恼,还有CD,灌制不出来,他们就没有出头之日。所有的一切，都因为没有钱。

可是钱又不是人，再烦再生气，也不能对着它闹。她得把这股邪火转移到人身上去，癞蛤蟆是一个，这没的说。唱片的钱，她还得从他那里再要五千去。哼，她就不信他敢不给她！

除了癞蛤蟆，她也生外婆的气。不早不晚，偏这个时候痴了呆。一入院，光押金就五万多，她翻过母亲的存折，她确实没什么钱了。

再一个，她也生万紫的气，都怪她，干吗要带她来北京。如果在成都，大不了唱唱歌跳跳舞，初中毕业，考个省艺校就算到了天。哪里会像现在，乐队也有了，自己也写歌了，胃口弄大了，饭却跟不上了。

还有，她还恨父亲，父亲总是吹嘘自己有钱有地位有朋友，可是她到北京快两年了，他却一分钱也没有给过她。乔茵虽然不愿意对母亲说父亲的不好，可是他那个人，她却是能看得出来的，好吃懒做，连妈妈的一半也及不上。如果没有还算精明，也能吃苦的继母，那个简易茶馆和彩票站都会做不下去。

父亲的生活，只能糊口。现在妈妈的压力这么大，她的理想，又去找谁帮她实现呢？

她突然觉得自己成了一个真正的小可怜儿，这是谁都不能理解的。

虽然溜达的父母关系不好，但他家里有钱，至少在这上面，不会亏待他。

邵飞和遥遥，虽然整天有父母和没父母没什么两样，可至少，他们没有为钱所困啊。

乔茵的性格中，有和万紫相似的地方。那种硬朗，不愿服输的劲，更严格地说来，是从外婆处一脉相承而来的。

就比如灌制唱片这事，大家都是乐队的人，各自拿一点钱出来，有什么不好？可她偏偏要大包大揽，自己去做坏人。这里面，当然有逞强的因素。

所以，当她第二次再去问常晓要钱时，常晓忍无可忍了。即便他约会钱三长，最多也就是吃点小吃，买点零食，也没有到买衣服买包的境界嘛！而且跟万紫在一起几年了，不还是 AA 制吗？

他常晓是有原则的人，并不是那种随随便便的男人。经济上账算清楚，两个人才比较容易在感情上拎得清，分了手，谁也不会怨恨谁，如果能天长地久，也不会谁比谁理亏。这是现代社会的男女首先应该学会的事情。

如此精明强干的人，凭什么好端端地，要受人勒索？乔茵一对他做出那副要挟的嘴脸，他立刻挥手，意思是你出去你出去，我不跟你谈。

"我怕什么？啊？你小丫头是不懂事还是装糊涂？上次给你钱，是因为看在你妈妈的份上，也等于是帮帮你妈妈，你以为我真的是帮你啊？不要做梦了，小丫头，你想把这照片给谁看都可以。想发到哪里去也都可以。我没有什么好怕的。我一个单身男人，一个堂堂的知名的经济学者，身边的女人还会少吗？有人纠缠，是正常的，没有这样的绯闻，才是不正常的。晓得吧，你该做什么，就去做什么好啦。顺便给你妈妈说一声，让她把那一万块钱，尽快还给我！"

乔茵傻了，她哪里能斗得过常晓这样的老狐狸？

她只能告诉乐队的朋友，她要回趟四川老家。她的如意算盘是，至少，先得把几千块钱搞到手，才能把唱片做完啊。

乔茵对万紫说的是，爷爷生病了，想见她，她要回家两天。她料定母亲不会给成都那边打电话核实，因为万紫非不得已，并不愿意跟陈先旺家的人联系。

果真，万紫扬起眉毛，问她："就两天？"

"就两天，"乔茵说，"你给我来回的火车票钱，就可以了。"

乔茵舍不得坐卧铺，一心想再省点钱。

结果刚上车，对面和旁边就坐了几个男青年，见乔茵一个人，不由很是兴奋，东拉西扯，说他们几个人合开一家公司，是研发抗腐蚀涂料的。现在去成都，是谈一笔生意，完了还要去九寨沟："小妹妹一起去吧？出来玩嘛，你的费用我们全都出了。"

有比自己大这么多的男人奉承她，巴结她，讨好她，让乔茵心里很是受用。为什么不去呢？反正九寨沟她还没有去过。而且，这些人做生意，有的是钱，也许他们愿意帮助乐队一把呢。

接下来的路途，一路甚欢。乔茵毫不设防，跟着他们又吃又喝，进入四川境内，他们拿出一种像奶片一样的东西，五颜六色的，彼此分享，并告诉乔茵，吃了会很舒服。

乔茵自诩是玩摇滚的，不可能不知道这些是什么。她可不想被人瞧不起，被人看扁，知道是冒险，也要吃。没一会儿，就头重脚轻，晕天转地。她起身去厕所，其中一个跟着她，她打他抓着她衣服的手，问："你跟着我干吗？"

男人说："怕你跑了。"

乔茵的耳朵听所有的声音都是嗡嗡的，慢慢的，就像进了外太空。她渐渐意识到自己吃的药不对头，否则意识不会这么不清楚。进洗手间后，拼尽最后力气拨通了万紫的电话，舌头这时已经麻了起来："妈妈，救命。我在 T7 号列车 11 车厢。"

说完，就人事不省。

随后门怎么被列车员打开，人又怎么被那几个男人弄回去，乔茵一概不知。

不一会儿，几个男青年就打算带着她在达州下车。幸好万紫的电话追到了列车上，乘警走了过来，掏出警棍，将乔茵的头抬起来观察，又让几个男人掏证件。

乔茵被扔在地上，成了烂泥一堆。几个看不下去的乘客，帮着将她扶起，放回到座位上。她衣扣全开，头发散乱，脸上蹭上了好几块脏污。乘警并不去追那几个男人，只是站在门边，对着他们远去的背影，比画出几个威胁的手势。乔茵完全人事不知，万紫打电话过来，却找不到人，手机早已在一片混乱中被人偷了。

车到成都后，乔茵被陈先旺和老婆骂骂咧咧地从火车上弄下去。他不是骂乔茵，而是在骂万紫。万紫不问青红皂白，就让孩子上了火车；快两年了，万紫连让女儿防坏人的本事都没有教会；万紫纵容女儿不去上课，开着学就让她乱跑；万紫给女儿穿的是什么衣服啊，十五岁的女孩子，怎么可以穿得这么暴露？

都说有其母必有其女，万紫在北京，过着怎样的不检点的生活，想都想得到！

乔茵上了出租车，还处在半昏迷的状态。彻底醒来，已是半夜三更，没来得及看清周围，已经想起了火车上的一幕，顿时吓得惊叫起来。

陈先旺两口子睡得死，哪里能听得到，直到乔茵跌跌撞撞地冲下床，拉开门，他们才听到响动。

乔茵惊魂未定，护着胸披着头发在大街上飞跑。陈先旺先追出去，一边在后面喊乔茵的名字，一边扔了拖鞋狂追。乔茵被一把抓住时，瞳孔放大，心跳不止。她不仅不认识周围熟悉的环境了，连陈先旺也一时想不起来。

她弯下腰，两手死死揪住衣服，向后退，嘴里发出恐怖的嘶叫声。陈先旺脑子里第一个反应是，乔茵被人骗吃的东西，不是简单的麻醉药，会不会连大脑神经一起伤了？他叫着乔茵的名字，一边伸出手往前靠近她，乔茵只管瞪大眼睛，不理不睬。吼叫声惊醒了街坊四邻，直到爷爷奶奶一起赶来，乔茵似乎才想起了一点什么。

劝回家，洗了澡，再睡。几乎整整一天，才醒过来。

万紫已经赶到了成都，这几个小时里，和陈先旺一家一直在吵嘴。

前婆婆最生气，孙女说爷爷病了，你这个当妈的，就不能先打电话回来核实一下？我们又不要你买东西，你怕花钱啊？我们也不需要你慰问，你跟我们多说一句话会死人啊？她是你的闺女，又不是街上随便领去的小保姆。保姆回家，你也不会这么不管不问吧？何况爷爷身体好好的，她逃学不想去上课，想出来耍，你就给啊？你怎么做母亲的，乔茵在成都，哪里出现过这样的问题，好好的一个乖乖女，才跟你两年不到，就成了这个样子。你看看她，还有没有一点中学生的样子了？头发乱七八糟，衣服祖胸露乳，还吃起毒品来了——

那不是毒品。前公公说。

万紫被骂得狗血喷头。

她也不是没有可以反击的话，果真一出口："那把乔茵送回来！"顿时鸦雀无声，谁都不接这个话茬。

送回来干什么？他们不比她会算账？回来吃住事小，上学，可是一大笔费用。最主要的，孩子很快就要读大学了，大学学费怎么办？还有，即便不上大学，要打工，要帮她找出路，谁能帮到她？

虽然陈家对万紫声讨个没完，可乔茵睁开眼第一个认出的人，却是妈妈。她一头钻进万紫的怀里，就哭了起来。

万紫也热泪纵横，哭得稀里哗啦。相比乔茵的伤心，她心里全是害怕。她并不很清晰地知道全部事因，追着问，乔茵只是摇头，不想多说。

第二天，她要带乔茵离开。乔茵却觉得成都之旅，任务没有完成，不想跟万紫回去。这让万紫气恼不已，她怎么还好将孩子留在这里呢，爷爷奶奶，父亲继母，都认定了她是个不学好的坏孩子，她还以为他们会像以前那么惯着她吗？他们对她是有警觉的啊，而且会将对万紫的不信任加在乔茵的身上。

"跟妈妈回北京。"万紫跟乔茵说，"经历了这么一次，你应该比以前懂事了对不对？人不能意气用事，必须仔细斟酌，才好作决定。你留在成都干什么？没有乐队，爷爷又没有病，你爸爸他们还有他们的生活，你不去上学，他们也会很生气的。"

乔茵说："我有事。"

她有点仗着自己发过疯，想干什么就干什么。不让我待在成都，那我就要癫哟？她做出一副眼睛发愣咬牙切齿的模样来，万紫哪里见过这样的场景，心里也虚，可嘴里说的却是："走走，乔茵，我们回北京，我给你请个心理医生，好不好？"

乔茵心里冷笑："你非要拿我当傻子啊。"

她不走，奶奶也只好说，那来了就耍两天吧。乔茵不肯住在陈先旺家里，住在爷爷处。还是想要钱，先给爷爷诉苦，说妈妈养不起她了，不上学是因为学费交不上了。又对奶奶说，外婆得了重病，现在靠妈妈供着。

妈妈才交了一笔住院费，对她就管不起了，所以只能待在家里。

"我当然想上学啊。"她可怜兮兮地说："可是没钱，怎么去上。我是单亲家庭的孩子，本来就低人一头，又是从外地去的北京，肯定受人欺负啊。在学校里，我吃穿用都不如别人。心里好恼火。"

爷爷奶奶听着，眼前活生生出现一副乔茵做受气包的场景。两个老人不由就有些唏嘘起来。

乔茵见有戏，再加一把火，这次，不惜将火烧到万紫的身上。

"妈妈有个男朋友，那男人，从不肯给妈妈多花一分钱。可妈妈还是讨好他，她宁可花钱给他买羊毛衫、高级领带，也不肯给我买件合适的衣服。我穿成这样，都因为是一些廉价货。"

听着听着，爷爷奶奶已要揭竿而起了。

乔茵发誓："课程不敢耽误啊，一耽误，以后就很难跟上了。你们给我五千块钱，就当是我借爷爷奶奶的好不好？让我上完高中，一定会读个好大学。工作了，我会报答你们、孝顺你们的。我再也不想总是伸手去向妈妈要钱了，一分一分的，还要看她的脸色。好像我是个要饭的。"

乔茵说着，表演的细胞被激活了，想象着伸手向母亲要钱的可怜样，眼泪水不由冒了出来。说话的声音也变得弱小起来："我也是没得法子啊。"

爷爷说："给你七千，你去买点中学生穿的衣服好了。"

乔茵在成都多待了两三天，拿到了钱，就转回北京。

还是年纪小，沉不住气，连跟陈先旺告别都不肯，急躁躁的样子，立刻引起了爷爷奶奶的怀疑。他们可不是万紫，不愿意打个通气的电话，加上做老人的，本来也就很仔细，七千块钱给了孙女，半大个孩子，她真的会用在交学费上吗？

乔茵还在火车上，奶奶就给万紫电话了。

万紫一听，当场一头撞死的想法都有了。乔茵不仅去爷爷奶奶那里骗钱，而且将她说成如此不堪的一个母亲——为了讨好男朋友，亏待女儿？不给她交学费，才害得她不去上学？这孩子，是怎么想的啊，还有天理没有了？

　　所以，乔茵一到北京，和前几天到成都一样，受到了非常的"接待"。万紫黑着脸，胳膊抄在怀里，定定地看着她。乔茵刚叫了一声妈，万紫立刻就说："把爷爷奶奶的钱给我，立刻把银行卡给他们寄回去。"

　　乔茵一路上喜滋滋的，恨不得马上就去给乐团的几个人报告喜讯的高兴劲儿，立刻跌到了谷底。

　　"这是爷爷奶奶给我的钱。"她冲万紫翻了脸，"凭什么给你呀。"

　　万紫不依不饶："你自己知道你是怎么骗他们的，快给我！"

　　人来人往的，她一手拽乔茵肩上的包，一手冲她伸出手，不拿到钱誓不罢休的样子。已经有人在盯着看这母女俩了。

　　乔茵扭着身子："干吗呀你这是，你想抢我是不是？"

　　她翻脸不认人，立马就要喊人的样子。万紫气得要爆掉，想不通这孩子心里都是怎么想的。威胁乔茵说："你喊吧，你把警察喊来才好呢。"

　　乔茵无赖地，翻白眼，说："我干吗喊警察？我嚷嚷你是抢包的，大家就会围过来。你说你丢人不丢人啊，回家好好说不行吗？"

　　她用力，一把将包拽回了自己肩上。气呼呼地走在前头。万紫见状，只好紧两步跟上。心里骂自己：真是没本事，连自己的闺女都弄不住。

　　等到了停车场，乔茵说我在出口等着你。万紫一走进去，就意识到自己做错事了。果真，再出来，乔茵已经不见了。

　　她那个气啊，简直咬人的心都有了。乔茵的手机在去成都的火车上丢了后，就一直没有买个新的。万紫觉得她拿了爷爷奶奶的钱，肯定先会给自己买个手机，果真，拨打过去，通了，但估计是看见她的号码，立刻就又压了。

　　万紫一路火冒三丈地回了家。路上不停地冒出"再也不要管乔茵"了的念头。她不会再理她了，爱干什么就干什么去吧，想不回家，就别回家好了。永远不回来才好呢。不想上学？好啊，那就别去了。我呢，索性也去学校取消她的学籍，赞助费至少还能拿回来一点是吧？

　　万紫没有回家，她知道乔茵也不会回去，而是直接去了公司。能想得到，乔茵此刻会在什么地方，遥遥家里。她突然从没有过地，那么地恨乔茵乐队里其他几个孩子的父母。

遥遥的父母，怎么会将一个大房子留给孩子，然后自己一走了之？他们尽到做父母的责任了吗？十几岁的孩子，还是个女孩子，就这么给扔在国内，这都是些什么做法啊？还有邵飞的父亲，竟然说她是土老冒，应该给孩子自由，小小年纪，就送到女朋友家里去同居！

他们的年龄，应该都差不多吧。观念怎么会有这么大的不同。将乔茵放在成都几年，已是她内心最大的折磨，觉得自己太不尽责，难道，这些父母，就没有一点类似的想法吗？

乔茵要这么多钱想干什么呢？

还有，她在去成都的火车上，到底发生了什么事情？那几个男的，到底对她说了什么，让她乖乖就吃了药？

她对亲人，撒谎、骗钱、不回家，对不相干不认识的人，却那么容易就付出信任。

这是让万紫最伤心，也最想不明白的地方。

下班前，常晓来了个电话。他最近找她的次数不多，似乎工作也很忙。出差、演讲、讲课、做课题、日常事务，连AA制吃饭都不行。今天主动找她，看来是有了时间。

万紫匆匆赴约，坐下没说两句，眼泪已经潸然落下。她看上去也是憔悴不堪，两只手扶着头，脸色蜡黄，一句话都不想多说的样子。

常晓大概也能猜出来，一个女人，工作压力那么大，母亲病重，女儿捣蛋，想都能想得出日子会过成什么样。当然，这也是他不想结婚的原因，对万紫来说，正是多事之秋。他跟她结了婚，不是把麻烦主动揽到自己身上吗？

万紫却不这么想，她是真心希望，常晓能替她分担一些。即便不结婚，也能替她想点办法，教育教育乔茵，跟她一起去看看母亲……她不需要他做什么惊天动地、扭转乾坤的事，因为也不可能，可是他能不能对她说一句："别怕，一切都有我呢"？

不，他才不说呢。他从来也不肯说出这样的话来，即便骗骗她，也不肯。还不如陈先旺当初将她叫回成都去结婚那么敢于承担。

现在的男人啊。

万紫抱着头，眼泪悄悄地落。听不见常晓一句话，他只坐在她的对面，默默地给她递纸巾。说不定心里还觉得自己挺懂事，可这活，服务员也能做啊。

终于，万紫哭完了。吁一口长气，说："吃饭吧。"

常晓就点点头，叫服务员拿菜单过来。

常晓经常说，自己不会哄女人。

这话有两层意思，一是请女人别寄希望于他，指望他能让她破涕为笑。二是他自己的一种表白，既然不会哄女人，正好说明他不是那种滥情的男人，所以不是很会跟女人打交道的男人。

他觉得将自己塑造成一个"非情圣"，明显要比做"情圣"占便宜得多。女人会对他比较放心，再有自己也不用太费事。木讷一些、不体贴一些、不讲道理一些，甚至吝啬一些，都比较容易得到谅解。

所以，在这个时候，他的经典台词当然立刻就派上用场，"万紫，你知道，我不是个会哄女人开心的男人。"

这话，比起说："别怕，一切都有我呢"可轻松多了，既能显得他真诚，又不用承担什么责任。

万紫和很多女人一样，是非常吃男人这一套的。是啊，他不是一个会哄人开心的人，你还能怎样呢？只好自己的眼泪自己吞喽，只好擦干眼泪假装什么事也没有喽，只好他问起来摇摇头说没事，你不用管喽。只好不愿意再让他烦，赶紧着乖巧地握握他的手说，对不起，失态喽。

万紫说的就是最后一句。她确实也有些失态了，和平时约会前，总是忘不了会穿衣打扮，收拾大半天不同，她今天基本上只抹了抹口红。她知道自己这样掉眼泪，绝对谈不上梨花带雨，而且只会坏了常晓的心情。

幸好常晓并不多计较。他看了看万紫的表情，没发觉她有怨恨他的意思，就兴高采烈地说起了别的事。他总是有些好玩的人或事是可以讲的，同事、朋友、学生、求上门来的一些机会，每个人，都有让他值得调侃或讽刺的由头。是的，他常晓并不是个善良之辈，他的聪明和本事，不就是因为他能很快发现他人的弱点吗？

但生活里，能心态平和，安安静静听他这么讲别人的人，其实也不多。你想啊，如果你发现身边的这个人，总是在批评或调侃他人，你会不会心虚呢、紧张呢、担心呢？因为换个场合，换个听众，他也就会拿你做谈资啊。也会把你拿去调侃讽刺给别人听啊。

渐渐地，常晓身边固定的朋友就很少了。渐渐地，就只有万紫才能带着一颗宽容的心听他说话，并且捧场地发出笑声了。

可是万紫今天笑不出来，不是不想笑，而是怎么都笑不出来。常晓见她这样子，就有些不高兴。

"皮笑肉不笑。"他说，"说的就是你这样的吧。"

万紫埋头吃饭。这心情这气氛，明显不利于约会。常晓是大忙人，哪里肯做无用功，吃了一会儿，就提议饭后各自回家，他还有工作要做。万紫心里不忍，见他黑着个脸，又觉得自己做了恶人，赶紧道歉："对不起啊，我今天特别不顺。"

常晓点点头，唔了一声，"我晓得。所以，是我今天没瞅准时机。"

万紫说："家里事，公司事，一大堆。好难办。我一整天，脑子里都是乱的。"

常晓严格遵守不多问原则，早问早上身。

不问。

可是万紫再也憋不住了，说起来："乔茵气坏我了，她到处骗钱，竟然骗到爷爷奶奶家里去。还说是我对她不好，甚至连学费也不给她交。我简直不明白，她拿钱要做什么，玩，穿，还是吃，用？怎么会用那么一大笔钱？七千啊！"

常晓听了这话，面露警觉："她是什么时候要的钱？"

万紫说："昨天。"

常晓脸上就带上了不解的神情，嘴里还念叨着："不会啊，这一个月还不到，一万也都花完了？"

见他说得很悬疑，万紫赶忙追问："什么一万，什么一个月不到？"

　　常晓眨巴眨巴眼，又是无辜又是大度的表情，唯独没有心虚或不好意思："是我大意了。这么说来，乔茵可能真的在做什么不好的事情。前不久，我才给过她一万。她来要，我没好意思不给。"

　　万紫听到这里，手都开始抖了起来。一万，这是个什么概念。她问常晓："你没问她要做什么用吗？"

　　常晓摇头，他怎么知道。只好嘴里嘀咕，瞎编一气："听说是有同学急需。"

　　万紫瞪大眼睛："然后你就给她了？难道那同学没有父母？"

　　常晓平时做人比较刚愎自用，哪里需要经常撒谎。撒谎这事，也是一种技巧，越不用，就越是不会。这谎言一说出口，连他自己都觉得撒的很不到位。赶紧狡辩："是要学习用的，想出国，报个班什么的。"

　　还是不对。说起来，全都怪常晓不了解乔茵，也不了解现在的中学生都在做什么。万紫倒没有怪他，但对他不管青红皂白，就给孩子一万块钱，还是有所埋怨的："你至少应该给我说一声吧。"她提高的声音，不解又很气，和在成都时前婆婆质疑一个心理："你为什么就不问问我呢，难道我会吃了你吗？那么一大笔钱，她才是个孩子，你知道她万一没有节制，会做出什么样的可怕事情吗？换了你的儿子，你也不会这么做吧。"

　　说着，匆匆站起，餐巾一扔，就准备走了。她不能耽搁了，她必须尽快找到乔茵，那么多钱，在乔茵身上多放一会儿，危险就大一成。

　　常晓也站起身。说："那一万块钱？"

　　是呀，这也是他今天来的目的之一呢。

　　万紫说了一句让他放心的话："没问题，我一定会还给你的。稍微等一个月吧，最近确实有点紧张。"

　　她一出餐厅的门，就给邵飞的父亲又打了一个电话。

　　这回，她不给他教训她的机会。她只是说，想知道遥遥家里的地址，她要去找乔茵，有要紧事情，请邵爸爸，不，邵先生，务必将孩子家的地址给她。

那头的声音，一如既往的洪亮、坚定、理直气壮、拿事不当事："别人家里的地址，我怎么能随便给您呢？虽然遥遥是个孩子，但她也有维护自己隐私的权利呀。我得先问问她，看她愿意不愿意告诉您，然后再给您回话。"

当然，再也没有回话。

第十一章
救　助

乔茵刚来北京,和万紫住在一起时,母女俩曾有过一段时间激烈的磨合期,互相之间,缺少默契,又做不到相敬如宾。乔茵和万紫,都有过冲着对方声嘶力竭、大喊大叫、口出恶言、彼此伤害的经历。

很简单的一件事,早上起来,万紫叫乔茵把被子叠了,窗户打开。乔茵就说,没这习惯。等中午再叠有什么不可以?她要先吃饭,而且不洗脸不刷牙。吃完了碗一扔,勺子都不拿出来洗一洗。

换了自己一手带大的孩子,万紫可能对所有这些坏毛病都视作理所当然,见怪不怪。但现在,乔茵处处都让她看不顺眼,浑身上下,举手投足,全都是些坏毛病。她发着狠,咬牙切齿地说:"我非给你把这坏毛病改过来不可!"

于是母女俩矛盾越来越多,口角越来越升级。乔茵情急之下,会跺着脚喊出"妈妈,我恨你"的话。万紫也不甘示弱,会冲乔茵大声嚷嚷:"你哪一点像我的女儿,我是不是抱错了人!"

这样的话一出口,不仅对对方,对自己,也是深重的痛苦。都有点不相信自己耳朵或嘴巴似的。

那时乔茵还没住校,就在离家不远的地方读书。万紫也没买车,成天赶公交路上路下,都焦头烂额。她突然有那么一点后悔,是不是将女儿带到身边来,是一个错误的选择,否则她们俩,怎么都这么不舒服呢?

这个念头甫一冒出,就让她心惊起来。难道她不喜欢乔茵了吗?乔茵在她怀里,也曾长到将近五岁啊,那么可爱的肉粉粉的一团,占据了她整个的心房。她爱她,无条件无自我地爱,愿意为她献出所有的所有。可是怎么的,她居然冒出了也许并不希望女儿在身边的念头?

万紫是个愿意检讨自己、反省自我的人。否则她也不会跟常晓处那么久了。想到自己可能做错了什么,她立刻就开始考虑,是否需要寻找专业人士提供帮助?

这些年离婚的女人越来越多。万紫读硕士、博士期间认识的一些女人,也有个别的离了婚。

万紫四处联系和自己境遇相似的朋友,终于有人告诉她,单亲家庭孩子的青春期教育已成严重的社会问题。确实，北京城还真有这么一个救助团体，民间的，如果万紫愿意，可以经常交流交流：打热线电话、上论坛讨论，还有不定期的讲座、每月一次的单亲母亲恳谈会等等。

万紫立刻想，这正是她需要的组织啊。

第一次参加恳谈会，是在一个会友自己开的酒店的会议室里。四十多个人，几乎清一的全是单亲母亲，只有两个男士。他们躲在人后，很不好意思的样子。主持会议的是发起人，人称郝大姐的妇女。四十来岁，利落的短发，胖胖的身材。郝大姐介绍了几个像万紫这样的新会员后，就让大家随便发言。

万紫这是第一次参加会议，从那以后，就再也没有去。这次恳谈，给她留下了很不好的印象，此起彼伏的发言，几乎全是母亲们眼泪一把鼻涕一把地哭诉孩子怎么不听话，管不了，自己经济拮据，前夫那边却不尽责任，等等。

好像拿这个地方当了妇联似的。

可即便真是妇联，也管不了啊。一些人开了头，就再也刹不住。男孩子逃学、打架，女孩子早恋甚至早孕，有得抑郁症的、有网络成瘾的、有成天跟母亲哭哭闹闹的、有受不了同学嘲笑的……万紫听不下去了，跳起来，义正词严地说："大家说了这么多，有没有办法，可以从根本上解决这些问题呢？到底是我们家长的问题，还是孩子的问题。我很想听到办法，办法，解决的办法！"

她一口一个办法，让会场顿时鸦雀无声、大家面面相觑。谁都能听出她内心的着急，可谁真有办法还会来这里呢？

万紫下一次再不来了。她觉得这些人，似乎已是走投无路，急病乱投医。而她，远远还没有到这个地步嘛。她当然不想讲故事，只想听一个应对之策了。

可是两年后的今天，面对乔茵出现更严重的新情况，她脑子里，第一个想到的地方，居然是这个她曾那么鄙弃，觉得毫无用途的救助组织。那些母亲们一声又一声的叹息，在她的耳边也越来越清晰起来，她突然理解了她们坐在那里的全部原因。

这个组织的全称，叫做单亲家庭教育子女救助会。当初是她一个同门师姐介绍去的，事隔这么久，她怯生生地打过去电话，问人家那个地方还在吗，就是那个单亲妈妈诉苦的地方？

师姐并不因为她那次后再不联系而有什么不快。爽声答道："在啊，现在人越来越多了。大家有时候还组织一起玩，你还来吗？"

万紫哭兮兮地尴尬着，怎么，还组织一起玩？带着孩子？难道大家的问题，真的都已经解决了？可我怎么办？乔茵最近，问题巨多，我头都要爆掉，家里家外，还有个人感情，实在是累得受不了了。可是我想找解决之道，就怕又会是大家一起诉苦！师姐啊，我觉得自己就像在天上使劲飞使劲飞的鸟，翅膀一点没有力气了，可脚下却总是茫茫大海，无法落脚。我该怎么办啊我。

师姐说，来吧，来讲讲你的故事。你会发现，讲完了，即便没有什么好办法，也要比什么都不讲出来要好受得多。

万紫和很多读书读多的女人一样，并不真的怎么喜欢讲自己的私事。但乔茵最近的问题，让她无数次地联想到了自己青春期的那段混乱。她太需要有人来帮她想想办法，点拨点拨了。

随后的几天，她一门心思，只放在开会去说点什么才好这个事情上面。连去北大听课，都在为救助会的发言写提纲。提纲就写了三四页。她豁出去了，她在想，虽说家丑不可外扬，可是现在的她，不外扬，还有更好的办法吗？

她嘴巴里不停地念叨着、给自己打着气：只有豁出去，才能得到。

事隔将近两年，她重新去开会，并没有人觉得突兀，反而是很多新面孔，甚至更年轻的面孔，让她格外吃惊。难道单亲母亲的子女问题，已经落到那么年轻的妈妈身上了吗？

万紫不给旁人机会，一听主持人说谁要发言，立刻举着手里的提纲，站了起来。她表情凝重，穿着正式，明显是带着满怀诚意而来。她一开头，就镇住了全场。

"我从小长在一个单亲家庭，母亲带着我，走过了人生非常艰难的一段历程。我一直觉得，自己对单亲家庭孩子出现的心理问题并不会很陌生，可是现在，当女儿开始做出种种令我瞠目结舌、毫无办法的行为时，我却感到一点也不了解她了。"

她说到这里，停了片刻。脑子里浮现出她退学，回成都结婚生子的那一幕。母亲当初对她的不解，会不会也和今天，她对乔茵的恨铁不成钢，一样一样的呢？

世间真的会有报应的啊，她想，这是不是该她得的？

接下来，她开始讲她和乔茵的故事。离开乔茵将近十年，在北京一点一点站住脚。

"这么多年，努力工作，继续学习的所有动力，可以说都来自这个孩子，我心里只有一个想法，尽快让自己强大起来，将她接到身边，从此不再受离别之苦。都说母女连心，可是孩子来北京时间不长，我竟然觉得自己也许做错了什么，她不听话，我们经常发生口角。后来，她读高中，去住校，见面少了，矛盾也就少了。但最近半年，她做出了很多让我吃惊无比的事情：骗钱，从我的男朋友那里骗大笔的钱，还从她爷爷那里骗。她坐在火车上，还跟陌生人调情。她逃学，她不回家，几个孩子，男男女女地住在一起。她撒谎，甚至告诉别人，我克扣她，不给她交学费，不让她上学。她穿衣打扮，已经完全不像一个十五岁的孩子了。我不知道她在想什么，也不知道她对我这个人，是怎么个想法，她成了一个完全不顾后果、不负责、不考虑未来、自私冷漠、不在乎亲情的孩子。这个过程，是怎么发展的，我完全一头雾水。我们没法谈话，没法交流。她那个样子，就好像打心眼里瞧不起我，嫌我多余似的。"

她眼泪流出来了，不知不觉地，就泪流满面了。有人递给她一块纸巾，她擦了一下鼻涕。她看看四周，所有人都仰着脸，安安静静，满怀同情地听她讲着这些。也许相同的感受，她们都曾有过，甚至相同的话语，她们也一遍遍对人讲过。万紫想起两年以前，她曾那么鄙视这样的控诉大会，现在，她才知道，这意味着什么。

也才知道，当初她跳将起来的那番话，有多么不得人心。

主持会议的，竟然还是那个郝大姐。比起两年前，她胖了许多，以至于万紫突然没有认出她来。万紫说着说着，就出现了片面之词，全是感情用事的控诉，不再讲述事实。郝大姐就会打断她，主动问她问题。

"女儿去同学家住以后，你跟她去那里看过吗？"

"没有。"万紫老实回答，"她不会让我去的，也不许我见她的那些同学。我曾通过老师，找到过她乐队里同学的家长，让我万万没有想到的是，这些家长，个个都很不在乎，他们拿孩子的出格当做个性，甚至当做好事情。我也不知道我是落伍了，还是少见多怪了，弄得人很是郁闷。"

"那他们都是怎么说的呢？"

"有一个孩子，父母全都在国外。她又不愿意去亲戚家，就一个人长期独自在北京生活。房子很大，其他几个孩子，就住在她那里。还有个男孩，父母离异后再婚，长年和只比自己年轻几岁的继母联系，主要目的，就是为了要钱。另一个男孩，父亲索性赞同他和女友同居，认为堵不是办法，疏才是办法。"

见几个家长都在摇头，万紫就有了信心，问大家："是他们不对吧，应该不是我的问题吧？"

有个母亲站起来说："这些家长如此放任，总有一天会看到问题的。他们之间，之所以没有你和女儿这样激烈的矛盾冲突，是因为他们在逃避问题，不去正面应对。这样下去，只会越积越多。"

万紫大有找到了组织的激动，能被这么多的人理解，她当然心潮澎湃。也开始意识到，讲出问题来，实在是有用的，至少，让她对乔茵内心的怨恨少了很多。

这一个瞬间，万紫不由想起了母亲。如果当初，母亲能找到这样一个地方，说一说，谈一谈，她也不会对万紫伤心那么多年，以致怀着一种类似自虐的心态，对她不理睬，不原谅，不接受吧？

她的心里，多年以来，一直是为这事，怀有深刻的疼痛的啊。而这痛，是不是又重新加在女儿的身上了？

万紫将自己的这个思想过程也讲了出来。

"我想过不要再理她了，既然她那么不愿意我管着她，既然她一心认为，自己已经足够成熟，那么我就不管好了。我这两天再也没有继续去找她。可是其实，我心里知道的，如果我想找到那个女孩住的地方，我是有办法的。但我放弃了，心里一直在挣扎。一方面对她拿那么多钱担心至极，我脑子里已经出现了她和几个孩子在吸毒的场景。另一方面，一想到找到她，母女俩又要大吵大闹，就身心疲惫，头大如斗。而且我觉得，见到她，也并不能解决问题，这么一想，我心就硬了起来，算了，不再管她了。只当我没有她这个女儿了，以后她想要回来，好吧，也没有什么好说的。"

　　座位上顿时一片嗡嗡声，有不少人频频点头，也有人高举双手要发言，做强烈反对状。不等郝大姐主持，就有人迫不及待地站了起来，是个高高瘦瘦的女人，一脸的急切和紧张，反对万紫的说法："孩子遇到了问题，你说母亲都不管她，这世上谁还会管她呢？"

　　"可是她不要你管。"有人替万紫喊出心声，"越管，反而越是伤害母女之间的感情。"

　　高瘦女人说："那也要管，等以后她总会懂的。"

　　万紫有这段时间的经历打底，非常理解这些母亲言辞背后的意思。听上去她们的表达，都有些个人化、情绪化甚至孩子气，也许于事无补，还会火上浇油，可另一方面，她也深深地明白，她们和她一样，都经历着亲情之痛，很多的话，不过是煎熬之下的内心挣扎。

　　万紫的困惑，成了今天讨论的中心议题。到底要不要管使劲想从你怀里挣扎出去的孩子？到底用什么方式，才会是一个好的办法？

　　有个母亲讲起自己十四岁的儿子，不上学已经半年多了。她是个超市里的售货员，工作非常辛苦，钱又不多。她没有很多时间陪着儿子，但儿子突然说，在班里没意思。别人都比他有钱，都比他幸福，还比他学习好。他这个样子，只能受人欺负，当一辈子马仔，还要遭人嘲笑。

　　儿子的话，让这个母亲很心酸，无形中纵容了一段时间，从此孩子迷上打游戏，总是想从她这里弄钱，渐渐六亲不认，如果她不给，就对她态度极其恶劣。最后出了大问题，孩子竟然出卖肉体，讨好那些娈童癖，只是为了弄到钱。他个子比她还高，可脸上完全是娃娃相，她吓坏了，将他送到了弟弟家里去。弟弟家在河北农村，离北京不算远，但民风淳朴，也没有很多上网的条件。一个月后，她回去看他，发现孩子胖了，心定了，也懂事一些了。现在还在那边，她不怎么敢接回来，担心又会学坏。但她知道，这肯定不是个办法，孩子一方面对她有怨恨情绪，觉得她抛弃了他，她呢，愧疚，也很想孩子。

这个母亲讲完，就有人对万紫提建议："送孩子远离城市，去条件比较艰苦的农村，可能会是个好办法。你看电视里就有这样的节目，城市里一身坏毛病的孩子，去了特别艰苦的地区后，会被那里孩子的自强不息而感动，乃至反思自己，重新做人。孩子的可塑性强，也比较容易被打动，这不失为一个好办法。"

万紫点点头，可是她不知道这对一个女孩子是否合适。农村上厕所、洗澡不方便，大家都睡一个炕，乔茵发育那么好……算了算了，这样的环境，她只有反感，怕很难被感动吧？

她同情地望着正在讲述的母亲，想到孩子弄不到钱，会简单地去出卖肉体，真令她有魂飞魄散之感。不，她得尽快找到乔茵，必须。

又一个母亲站了起来，她也是个儿子。出现的问题都差不多，父母离婚后，心里产生阴影，在学校常跟人打架，抽烟，谈恋爱。

这位母亲气质非凡，自己承认："可以说是有权有势，但就是处理不好家庭问题。"最糟糕的是，前夫总在其中瞎撺和，做一些对孩子的成长不利的事。

"比方说？"郝大姐问她。

"给孩子钱，带孩子去KTV包厢，他自己叫帮小姐不算，也给儿子叫。儿子干什么，他都没有原则地支持，还说男人就得这样，吃喝嫖赌才能成材。孩子太小，沾了一身的坏毛病，什么都不在乎，没有一点严格的自我要求。见别的孩子努力学习，天天向上，还嘲笑人家不开窍。我曾想过，将儿子交到他父亲那里去算了，总有一天，他会尝到无法无天无从管教的苦头。可再想，儿子是自己的，他的未来，就是你老年的幸福保障。他胡作非为，你怎么能安度晚年？随后我告上了法庭，再也不许让前夫接触孩子。另外，给孩子转学，去了一个篮球学校，不上学，可以，但要锻炼身体。而且，他爱打篮球，这也算是投其所好吧。我认为自己这一步是走对了。篮球学校里，教练要求很严，体力消耗大后，他多余的精力，基本没有更多地方发泄。我每周会去看他一次，头发剃得短短的，人也蛮精神。而且，有那么一两次，还会跟我谈谈话。不再像以前一样，干脆不理我了。"

锻炼身体，是个好办法。有人点头同意，类似的事还有送孩子去军训的。感觉经过一段时间的高压训练，孩子的坏毛病都能有所收敛。立刻就有人凑近万紫，向她推荐以下这些个办法：军训、健身、滑板、长跑、跆拳道、自行车。

万紫说："办法不错，可我那是个姑娘，合适吗？"

"绣花！"马上有人提议："十字绣，这东西最能让人心静了。也适合闺女。"

万紫点点头，她十分感谢这些拿别人的事当自己事的母亲。可是她也知道，她们都没有说到点子上。每个孩子的情况不同，她突然意识到，乔茵这么四处弄钱，是不是因为想上影视学校？

可这点钱也不够啊。她是知道的啊，这些个私立学校，入校费就特别的高，这万把块钱，能干什么呢？

她下意识地拨了一下乔茵的电话，通了，立刻又压了。

她是想怎么的？跟她妈彻底断绝关系吗？

万紫一想到这里，就不由悲从中来。母亲对她是这样，女儿对她又是这样，她到底做错什么了？

"单亲孩子，都是这样吗？问题到底出在哪里了呢？"忍不住地，她再一次地向大家问出这个问题来。

当然不是，有很多好孩子一样出身于单亲家庭，但却完全不同。刚才那个送儿子去打篮球的母亲站了起来，说自己姐姐的孩子，就和自己儿子完全不同。姐姐也离婚了，也是一个单亲母亲。可是她儿子，属于特别懂事的那种，比同龄孩子要懂事很多。学习好，心眼好，待人落落大方，也没有什么心理阴影。她和姐姐曾经特别认真地讨论过这个问题，后来她总结出来了，还是自己付出的多少问题。

"我工作特别忙，没有很多时间陪着孩子。所以对他内心的一些细小东西都感受不到。感受不到，他就觉得你跟他不贴心，不一条心，觉得你不够理解他，说了也白说。如此一来，恶性循环，交流越来越不通畅，加上他爸爸又在中间捣蛋，让他对我就更不亲了。"

万紫点头，这些感受不到的细小东西，她可太深有感触了。它们像是家庭生活的神经线，每个人的喜怒哀乐，都紧紧联系在一起，牵一发而动全身。一旦某些神经失去了敏感度，联着神经线的情感，也就渐渐失去了。

她和乔茵这样母女细微感受的失去，正是在她离开她的那些年里。她们不再心有灵犀，不再每个眼神每种腔调，都能心心相印了。

此刻，"篮球男孩"的母亲，还在说："而我姐姐，不是这样。她是个中学教师，相对来说，在家庭里的时间和孩子比较契合。母子俩的交流一直非常的好，就像朋友一样，很多人家都说，孩子有青春期问题，可她的孩子就是没有。进入青春期后，反而似乎更开朗，更懂事，更健康了。他还跟我开玩笑呢，说我妈以后肯定也不会有更年期的问题。在我儿子闹得特别狠的那几年，我和姐姐对这个问题好好研究过一番，也和很多家庭的父母有过交流，最后基本能得出这样的结论，孩子的问题，绝对都是来自父母。父母做到位，孩子就不会有问题。"

她铿锵有力，一语中的的派头，让会场气氛顿时冷了下来。能到这里，来讲述自己问题，听别人问题的母亲，大多都是已经开始了反省的母亲。女人的这话，不能不说有她的道理，而且很容易地，让很多母亲想到了自己在教育孩子过程中出现的问题。一时间，虽然也有人表示不满，但大多数人都在点头，或是沉默。

万紫是同意这个母亲的说法的，她一直以来，也意识到，乔茵和她不亲，才是她这么容易就走向这一步的原因。

她想她明白乔茵的感受，当年她会鬼迷心窍，在恋爱中，做出众叛亲离的选择,也是和母亲的交流不畅大有关系的。母亲所有的精力都放在赚钱养家上,其实对她的感情需要并没有想到很多。再一个,她文化低,性格暴烈,看人看事,多有偏激,也不是个很好的交流对象。万紫小小年纪,基本已经认识清楚这一点,知道听话,好好读书,就是对母亲的爱。这层关系,更多的是生存需要,深一点的情感需要,彼此之间,并没有太多的联系。

所以,很多年里,万紫是个孤独的孩子。从这个角度讲,她相信母亲,也是个异常孤独的女人。

可她成长的那个年代,不如乔茵这个时代,这么浮躁,这么容易让一个孩子走向混乱。诱惑没有那么多,约束又比今天多许多。此刻,她坐在这里琢磨,如果换了她和母亲,活在当下,她会不会比乔茵更过分?

问题百出,可解决问题的办法却一个也想不出来。即便人人都懂,还是没有人知道怎么去做。她站起身来,诚恳地问大家:"我们都是需要工作的母亲,而且因为单亲,这份工作,就更重要。在我想来,不仅要工作,还要好好工作,多多赚钱,给女儿提供一个良好的生活环境,让她不会觉得生长在单亲家庭而有什么自卑。还有,我是个女儿,也想用自己的工作成绩给她做一个上进努力的好榜样。虽然我也想过,跟她在一起的时间太短,才会造成今天她这个样子。但另一方面,她现在已大了,错过了培养良好感情的最佳时间,她需要朋友,可能更甚于需要母亲吧?"

可是她在想自己这话,对吗?

是吗?乔茵是不那么需要母亲了?

她还记得自己童年结束的日子,五岁。这让她很多年里,极端敏感又冷漠自私,而且很早就无法混迹于同龄人中没心没肺地傻乐了。

这也是为什么当初她会不顾母亲的痛苦,而一意孤行的原因吧?

当然也是为什么当乔茵出现问题后,她无数次地不再想管她的原因吧?

那些流淌在她血液里的孤独感,让她成了一个明哲保身的女儿和母亲,让她没有办法愿意付出更多的努力,去挽回失去的或是受到了伤害的亲情。

她没有力量，再去追溯母亲的童年，但她想，母亲曾经也肯定遭受过父母的冷遇、不耐烦，或是抛弃，否则她怎会那么绝情地，对她说出断绝关系的话来？

　　以后那么多年，果真从此对她不管不问。

　　万紫想到这些，浑身不由冒出冷汗。如果说这就是人们常说的家族基因的话，她是不是已在延续着某种行为模式？

　　那么乔茵，会不会以后对她的孩子也做出相同的事情来呢？

　　会场上有个特殊的母亲，她坚持好多年了，而且每次都来。她是来这里疗伤的，因为她孩子的问题，已经不存在解决不解决的事了。

　　四年前，她十六岁的孩子，因为抑郁症，自杀了。

　　而她，在孩子六岁左右，就离了婚。可能是多年积压的问题，她极度的不痛快，影响到了孩子的心理健康。随着孩子长大，谁都不肯迁就谁，谁都不愿意更体谅谁多一点，渐渐地，成了仇人，话不投机半句多。

　　这个母亲的神经脆弱到极点。她需要的，只是听到其他人的孩子问题，然后她会痛心疾首地做点评："一定要注意啊，否则孩子会离开你的。"

　　她的痛苦，是任何人都赶不上的。是不是也是这个原因，她才觉得自己比谁都有理由说出危言耸听的话来？

　　她像一个先知一样，一遍遍对万紫说："要照顾好你的孩子，要让她感到温暖，要待她好，要原谅她的任何错误。要爱她，要爱她的朋友，被她骗没关系，要接受她的痛苦和缺陷，要爱人如己，当她打你左脸时，你要送上右脸。对别人，都要像对待家人一样地去爱，何况你自己的女儿？"

　　爱爱爱，爱爱爱，女人振聋发聩一旦开始了，就一时半会儿很难压下去。大家都抱着一颗体谅的心，默默听着她讲。一个失去了孩子的母亲，谁还好意思让她住嘴呢？而且，这么多年，她已经拿在这里发言，当做了治病的办法。

　　她瘦弱，憔悴，头发花白，穿得非常简朴，不说话的时候，表情很平静，甚至平静得近似呆滞。可是一说起话来，一脸的哀伤，便再也无法止住。

万紫看着她，心里充满了恐惧和痛苦，一个奇怪的念头突然冒出她的脑海：现在，这个母亲，不用再那么辛苦地工作了吧？

　　她不由打了个寒战，上帝，她怎么会这样想呢？

第十二章
恶　心

夏天快到了，空气中到处浮现出暖烘烘的感觉。仿佛热，同时也带来了味道的延续。楼下停车场汽车开走好一会儿，热乎乎的汽油味还是能闻得到。离家更远的街上，餐馆的油烟味，也会突然随着一阵风吹来，飘进刘塞林的鼻子。他蓦然从昏睡中惊醒，头转向窗户，刺眼的阳光，使他不由抖动了一下。很长时间，他不知道自己的心情是怎样的，他仿佛完全是不相干的人，既不沮丧，也不兴奋，甚至连平静都没有。

随后，一点一点地，他的意识回到了身体里。

啊，又是一天。这日子，还真是长呢。

他躺在床上，很厌恶这一时刻的到来。为什么要醒来，为什么要睡觉。要么永远不困，在游戏里永远不要出来。要么永远别醒，躺在床上不需要知道自己是谁，来自哪里，要到哪里去。

家里非常安静。好一会儿，他终于适应了房间里的环境。是的，他突然会敏感到连气流的浮动都能捕捉得到。他坐了起来，看看时间，下午四点半。不知道算是一天中的什么时候，将明未明，将有未有，下一步，无论做什么，都似乎不踩在点上。

他拖着懒洋洋的步伐，走到客厅里，一屁股沉沉地坐在了沙发上。但又神经质地，拉开茶几下的小抽屉，瞪着眼睛看了看里面。除了生锈的一两个发卡，几张名片，不知道怎么掉进去的瓜子皮儿，一包卫生纸，什么都没有。一年前，他在里面发现过一千块钱，后来就总是忍不住要看一看，当然，一如既往地，什么都没有。

他走到窗户边上，向下看去。大太阳底下，行人极少。楼下的空地，仿佛废弃了的场地，爆米花店、冰淇淋店、卡娃伊首饰店、牛仔屋……缩在对面街角，关着门，大概里面在放冷气，没有人进出，显得毫无精神头儿。

不知道是不是要下雨了，天边聚集起了浓重的黑云，铅色的、带着旧铁味的黑云，正在一点点地蚕食着眼前的蓝空。

这如梦如幻、简直不够真实的景色，仿佛在某个游戏里看到的场景，暗、重、阴、闷，可是又有那么一些跳跃的、出人意料之外的小店，会突然进入他的眼帘——他匆匆穿上中裤，套上T恤，揣了几十块钱，出了门。

他向对面的小街走去。他要买冰淇淋来吃。三色的，意大利口味的。还有奶茶，柠檬味的。他不会买烟抽，这点连符拉拉都觉得很不错，儿子再逃学，再贪玩，也不抽烟喝酒。他受不了那些个味道。刘塞林在某些方面，有小小的洁癖，比方他每天玩得再狠，睡觉前也要洗澡，宁可扔掉，也不会穿带着洗不掉的污渍的衣服。鞋子里不能进水，雨天穿拖鞋，足以会让他抓狂。

冰淇淋小店里，果然开着冷气。里面没有人，除了一个头上戴着工作帽的女孩子，她躲在柜台里发短信，连人进来，都不抬起眼睛看一下。

刘塞林也不说话，伸出手就指。女孩子终于放下了手机，同样不发一言地给他拿小勺舀冰淇淋。价钱都写在上面，两个人从头到尾，一句话没有。刘塞林连女孩长什么样子都没有注意到，只是知道等不及他出门，女孩已将手机重新握在了手里。

他深深地舔了一口，很甜，这味道让他心情好了很多，甚至可以打量周围的环境了。突然地，他看见了母亲的车，就停在不远处。是的，是母亲的车牌号没错，颜色也没错，大红色，他刚想躲，门开了，走出来的，却是一个小伙子。

母亲并不在里面，年轻男人锁了车门，甩着钥匙，向冰淇淋店走了过来。

刘塞林站着没动，他甚至忘记了大太阳底下，应该快点将冰淇淋吃完，他呆呆站着。看着这个越来越走近的年轻人。他个头很高，身材难得一见的标准，宽肩细腰。五官谈不上好看，也绝对不丑，他不像很多常年会在露天辛苦的年轻人，皮肤白净细腻。他的身上，有种柔和的气质，干净半长的头发，与之相配。他的鼻子很挺，这给他稍显粗俗的小眼睛增添了某种机敏，他嘴巴方正，让他有了那么点男子汉的感染力。

他一把推开了店门，同时嘴里发出一声亲热的"嗨"。

刘塞林透过玻璃门，见到他很快走向木质的柜台，而柜台里的小姐则没有再玩手机，而是俯过身来，绽放出灿烂的笑容，迎向了这个年轻的男子。

他是谁，为什么开着母亲的车？为什么他一进去，卖冰淇淋的小姐就会笑脸相迎？

蹉躇的一个片刻，刘塞林手里的冰淇淋融化了，一滴落在了他的衣服上。这让他顿时浑身难受起来，他意识到再接着站在太阳下面，很可能会有更多的冰淇淋落在衣服上。他立刻推开门，走进了有冷气的冰淇淋店里。

那两个人，一起转过头来看他一眼，但并不想弄明白他的意图。他自己找了一张小桌子坐了下来，同时拿来一本放在桌上的时尚杂志，翻看着。

他的样子，很明显是在消磨时间。

但那男人，却显然不是来买冰淇淋的，他在跟女孩子调情。听了好一会儿，刘塞林终于大概听明白，他约她出去玩，可是她要看店，没法出去。他又跟她敲定其他的时间，姑娘嘻嘻笑着，打趣他是大帅哥，又有钱，为什么偏偏看上了她？

刘塞林抬头看了一眼那个姑娘，还真是长得好看。很像蔡依林。她说晚上十点后，她有空。男人却哈哈笑起来，说十点以后，他没有空。

"你到底是做什么的？"

"值夜班，"男人说："我是个需要常年值夜班的人。"

刘塞林第一个想法是，难道男人和他一样，也要打游戏？但很快，他就否认了这个想法，他不像。他身上那种鲜活、明显的户外做派，不是干他们这行的。

果真，见调情没有什么明显效果，男人站起身来，摇着手里的车钥匙，准备走了。再做最后一次邀请："跟我去兜风吧？"

他指给姑娘看车子。姑娘捂着嘴巴，突然笑了起来："你怎么开这么鲜艳的车啊？像女人开的似的。"

男人随口就来："小丫头家家的，这不是为了让你高兴吗？"

他走了。

刘塞林冰淇淋也吃完了。小姑娘继续拿他当看不见的影子，头也不抬，继续开始玩起手机来。

"哎。"他叫她。

"叫我？"女孩抬起头，看他，好吃惊。仿佛听到坟墓里的死人说话似的。

　　刘塞林一转头，看见了柜台后面镜子里的自己，难怪女孩不愿意跟他搭讪，他看起来，确实非常没有人气儿。苍白着面孔，有气无力的样子，眼神游移不定，总在躲躲闪闪。

　　"刚才那个男人，你为什么不答应他？"

　　姑娘瞪大了眼睛，有那么一些迟疑地，放下了手机。她的眼睛里出现了一点点恐惧，她看看门，又看看刘塞林。她不那么肯定地指了指冰淇淋："你还要，再吃点吗？"

　　刘塞林摇头。姑娘的模样让他意识到他问话的突兀。他赶紧换上了一副笑容。又点点头，"我再来一份好了。我是说，那男的，干什么的，就住在附近吗？"

　　"怎么啦？"女孩子问他。

　　"他长得很漂亮。"刘塞林说，他只能说最让他印象深刻的东西，"他是做什么的，像个演员一样，我以为我见到什么明星了呢。"

　　听他这么说，女孩陡然放心了。原来如此，一个小小的、苍白的、无所事事的追星族而已。她一边大不咧咧地给刘塞林舀冰淇淋，一边不屑地说："什么演员啊，就是一鸭子。"

　　"鸭子？"刘塞林显然不懂。

　　"被女人包养的那种男人，二爷，懂吗？算了，你这么小，说了你也不懂。"

　　刘塞林当然懂。他怎么会不懂？

　　"那车子，应该就是别的女人的。他就住在离我们不远的地方，不和那个老女人在一起的时候，就整天在我们这些小店里跟女孩子们打情骂俏。他做什么，可都是他自己说出来的。女人供他吃供他喝还给他月钱，还替他租房子什么的。哼，他可得意着呢，拿出来炫耀给人听。"

　　刘塞林说："是吗？"

　　姑娘笑："好了，去吃冰淇淋吧，别把你这个小弟弟污染了。"

　　刘塞林说："好。"

　　外面起风了，那辆熟悉的红车已经被开走。他顺着街道慢慢走起来，尽可能地，让自己挨着阴凉的那一面。快傍晚了，太阳似乎已经不那么热辣了。冰淇淋被他扔在了垃圾筒里，一个放学走过他身边的小男孩立刻发出了不满的啧啧声。

他越走越快，并不知道要去哪里。走，走，走，沿着街向前走。突然，他站住了，那辆熟悉的红车，豁然出现在了他的眼前。

离他家不远的另一个小区门口。因为这个小区的停车场，就设在大门靠街处。红得扎眼的车，让他立刻想起了刚才那个女孩子的话，有人给他租房住。

他站在路边看了一会儿这车。然后走进了小区。

小区不大，统共两幢高楼。刚才那个男的，会住在哪套房子里呢？

他站在楼下向上看，一个窗户，一个窗户地看。也是老天帮他，那个男人，突然光着上身走了出来，站在了阳台上。他手里还捧着半个瓜，估计刚进门，热了，站在阳台上透透气。

刘塞林手指藏在裤子口袋里，一层一层地数着楼层数。14层。

然后，他进门洞，大概看了房型，猜出了那是什么门牌号。

下一步他要干什么？他并不很清楚。但他的心里说不出的压抑和疯狂。正仿佛天边压来的乌云，一场倾盆大雨眼看将至。

他撒腿向公交车站跑去。母亲的养生馆离这里只有两站路远，一路上他都在想，见到母亲怎么说，骂她呢，还是直接扑上去，打她一顿？

他紧紧捏着拳头，冒出一头的汗来。旁边的人奇怪他眼里露出的疯狂，没人敢站在他的身边，而他什么也没有察觉到。

到了养生馆的外面，他的火冒三丈，却只剩下了一寸不到。瓢泼大雨终于下来了，他也不走进去，而是靠在养生馆外面的墙上淋雨。雨几分钟不到，就湿透了他的衣裳，很快进入了他的鞋子，他感觉到脚湿了——偏偏今天出门的时候，他穿的是拖鞋。这该死的拖鞋，他一提脚，将鞋子踢了出去。

下吧，下吧，让雨越下越大吧。刘塞林站在雨中，保持着冰棍的姿势，整整四十分钟。

雨停了。

进进出出的人，开始看他。做迎宾的小姐终于在打开门的瞬间，看见了淋成落汤鸡的刘塞林。她不敢相信自己的眼睛似的，看了又看。刘塞林这两年再也没有来过这里，但很多年里，却是常客。小姐终于认出了他，吃惊地叫了起来："那个谁，是你吗？"

她已经忘记他的名字了，可是她仍然殷勤地跑了过来："你是来找董事长的吗？为什么不进去呢？"

刘塞林在狂风暴雨中似乎进入到了另一个世界。他沉浸在雨的敲打和风的呼啸声中，一个刹那，早已经忘记了自己来这里是做什么的。

温柔的女声让他陡然心惊。就好像从睡梦中惊醒一样，他抬起了头，眉头紧皱。天呐，为什么，他总是会回到丑陋的现实当中来？

"不，不，"他躲避着女孩拉他的手，仿佛是什么不洁的东西。他说："我要走了。"

他光着脚，眼神茫然。女孩再也忍不住了，撂下一句："你等等。"就向养生馆里跑去。

可是，等她和符拉拉一起出来时，刘塞林已经不见了。

符拉拉拉长着脸，一声不吭地听女孩子讲着那个情景。她能想象得到，刘塞林瘦弱的身体，站在墙边，挨着雨打。他来干什么？是因为跑出门，没带钥匙吗？是的，十之八九，是这个原因。想问她要钥匙，又不好意思。他知道她会说什么的，"又要回去打游戏吗？打不死吗？怎么还没有打死啊？"

是的，她肯定会毫不客气地这么臭骂他一顿。所以，他才不想进来找她的吧？

没什么，让他在外面多呆一呆，是不可多得的好事情。一个十几岁的男孩子，长年累月地待在家里有什么好？现在流行怎么说？宅男？不如说木乃伊算了！

不管了，就这么让他在外面多待一会儿吧。呼吸呼吸人气，也能更像正常人一点。符拉拉没有跟站在她旁边、一心等她说出点什么的小姐说一句话，转身上了楼。

这天晚上，符拉拉在许东那里待得很迟，半夜两点多，她醒来上厕所，才想起刘塞林白天到她公司里去过的事儿。总不会现在还在外面吧？看看手机，没有电话，她觉得有点儿吃惊。

推了把许东，说，我要回去了。

许东一言不发，死猪样趴在床上。他哪里真的睡着了，白天大把的时间可以用来睡觉。他不吭声，只是因为不想跟符拉拉说话。

他想换个手机，符拉拉不肯买给他，还说难听话："自己又不是没有赚钱，干什么要别人给你买？"

许东最恨听别人说到赚钱二字，可以说混饭吃，可以说玩一玩，甚至可以说搞点钱弄点钱，唯独别跟他说赚钱。因为他知道他赚钱的门路不正规，尤其是像符拉拉这样的女人，拿他当自食其力的劳动者，就更令他不快了。

凭什么让我自己买手机？难道我不是你的玩物吃你软饭的人吗？你见过哪个玩物哪个吃软饭的，铮铮铁骨地跑去自己买手机的？

要是被同行知道了，还让不让人在这条道上混了？这就像开着养生馆的符拉拉，却要自己掏钱去洗脚一样嘛！

他不满，当然很不满。所以他今晚闹腰痛，动不动就说，不行了不行了。符拉拉冷眼看着他，并没有可以请假的意思，而且一待，还就待到了半夜两点！

许东气哼哼地把头埋在枕头下面，一句话也不说。符拉拉不理他，多看一眼都懒得，正准备换上衣服回家去，突然，门铃响了。

半夜三更，这声音显得格外刺耳。过道上好几盏声控灯，刷地一起亮了。

许东立刻跳了起来，会是谁？知道这地方的人不多，有两个做小姐的，还有一个卖化妆品的售货员。虽然不相信半夜她们会来找他，可他毕竟也会心虚啊。尤其符拉拉还在这里。他一个鲤鱼打挺，从床上跳了下来。直扑大门。符拉拉见他立刻就有动静，已经狐疑起来。好啊，你小子，腰不痛了？敢跟我玩阴的！

她才不给许东可乘之机呢，让他背着她，把半夜来访的小狐狸骗走？

不，这多好玩啊，她就要看看，是什么样的女人，跟小白脸有一腿。

她抢先了半步，将门哗地拉开了。在门楼昏黄的灯光下，站着的，是刘塞林。

好多年前，刘塞林只有六七岁吧，符拉拉动过一次阑尾手术。那是她事业最艰难的时期，但和老公颇同心同力。麻药醒来，第一眼见到的，就是刘塞林的一张小脸。他趴在她的身上，有着和年龄不相称的焦虑、阴暗、担忧的表情，他说："妈妈，你怎么了？"

符拉拉一把将儿子揽到怀里，听他趴在她胸口前的鼻息。她有着说不出的感动和幸福。孩子的关心，让她麻药后的苏醒，简直如同死而复生。

随后几年，家庭渐渐出现问题，符拉拉和前夫各自为战，彼此都在外面找乐子，心思不能再放在孩子身上，孩子的性格也出现了变化。

刘塞林就是从那时开始，渐渐变得内向、阴郁、情绪反复无常的吧？符拉拉对他失去了耐心，总觉得他应该更懂事一些，应该学会自己管理自己——孩子要从小锻炼，否则长大怎么办？这是她常挂在嘴边训斥刘塞林的一句话，是不是这句话使刘塞林看到了她其实只是在为自己的荒唐找借口、推卸责任，从而使孩子跟她生分了？

那一年，她去湖南出差，突遇车祸，回到深圳，已是十二天之后。头上还缠着绷带，大腿内侧还有缝线。当时前夫带着刘塞林一起来机场接的她，前夫态度冷淡，她意料之中，自是不会在乎，但没有想到的是，刘塞林从头至尾一句话也没有说。

他低着头，手里拿着一个游戏机。符拉拉叫了一声他的名字，他甚至连头也不抬，嘴里发出闷闷的一声。符拉拉事后无数次想过这个画面，儿子是怎么了？

难道仅仅只是因为贪玩，顾不上看她？

还是他正处在一个难受的年龄，要大不大，要小不小？

孩子这表情，让符拉拉有些伤心，但没有更多地放在心上。她还有很多工作要做，更有无数的破人破事需要对付。离婚就是在这年年底，刘塞林听到消息后，依然面无表情，嘴里哼了一声，就算了事。

看不出他有什么不痛快，也看不出有什么痛快的。仿佛为了这一天，他早早就炼就了一颗钢铁心。

符拉拉从那以后，几乎再也没有在儿子脸上看到过他对她发自内心的、真诚的、同情的表情，当然，他再也没有在她的面前流露过孩子应该有的稚气、迷茫、胆怯、天真、亲热的表情。

这个晚上，符拉拉面对的，是儿子同样看不出什么表情的脸。只是这次，他并没有逃避她的眼睛，而是死死盯着她。看着她低胸露大腿的性感睡衣，看着她身后，光着上身从卧室里走出来的许东，看着客厅里带转角的布艺沙发，上面放着和他家里一模一样的沙发靠垫。还有玻璃灯罩，矫情地带着流苏，仿佛这场捉奸的一个注解：瞧，纸醉金迷。

符拉拉呆住了，她再强悍，再不在乎别人怎么看自己的这个爱好，面对儿子，却还是缺了那么一点点勇敢坚强和理直气壮。一个瞬间，她是慌乱的，甚至觉得这慌乱带着她回到了自己的少女时期，被老师突然提问，回答一个完全不懂的题目。她忍不住就要支吾，就要伸手摸摸头发，她会清清嗓子，还会伸出脚在地上蹭一蹭。她喉咙里似有痰，腰上很痒，窗户外面好像有什么东西飞过，那声音干扰了她的思考，她恼怒地左右看看，还是不知道该说点什么。

她只能看看老师，可是眼睛又像空气中的羽毛一样，从对方的脸上轻轻飘过。这羽毛不知道落在哪里才合适，或者说，它根本哪里都不想落，它只是飘错了方向而已。

许东奇怪极了，他从没有见过符拉拉这个样子。完全不像平时的她了，甚至连刚才床上的她也不像了。她心虚了，软弱了，心不在焉了，躲闪不及了，慌了手脚了……这个样子，让许东看来既可笑，又吃惊。在这个短暂的过程中，她不仅显出了老态，甚至可以说，还显出了龙钟呢。她胖胖的短胳膊，放在头上，腮上，仿佛做错了事，又很快地拿下来。她肥胖的短腿，露在性感睡裙外面的短腿，怎么的，突然罗圈了呢？

她的皮肤，也黑了，粗糙了，失去光泽了。头发，干枯了，粗硬了，没有任何发型了。这所有的变化，都是在瞬间完成的，就好像动画片里的艺术手法，一个正常温和的女人，突然随着几个画面的改动，就成了面目可憎的老巫婆。

许东觉得自己的想法很可乐。他想，他大致明白这是怎么回事的。很可能门口的小伙子，是这个老女人正在包养的或是曾经包养过的。

只是他看起来还那么单薄，甚至弱小，还是个孩子哪。这女人，真他妈的，什么人都敢下手啊！

他打着哈欠，心里说不出的唯恐天下不乱的高兴劲儿！好好，来点事才好，否则后半夜多无聊呀。

为了激怒这个男孩，他把手搭在了符拉拉的肩上，用一种半抱的姿态，和她紧紧靠在一起。怕她会躲他，他用了劲，表面看起来笑容满面，可手里下了死力。符拉拉果然要挣脱，却没有挣开。

她有些愕然地看了他一眼。

僵持的局面终于被许东打破了。他先开了口，那声音，说不出的性感、慵懒、得意洋洋，知道童自荣吗？是啊，就是那样的，风流男人的特有嗓音。这可不是天上掉下来的，那是功夫，也是需要勤学苦练的啊。

他知道用这样的腔调说话，没有几个女人不会注意到他，没有几个男人不会大吃一惊的。

"怎么啦，小兄弟，半夜三更地上门聊天啊？"

他突然觉得，这孩子有点面熟。在哪里见过？他思索起来，难道他是跟踪他的住址的？

是的，的确见过。对了，下午，冰淇淋店，他看见过他，他在门口的小桌子上，吃冰淇淋。低着头，背有点驼，脸色苍白，看起来身上阴阴的，没点活气。

他迟疑了，松开了捏着符拉拉的手。"我见过你，你是……"

够了够了，符拉拉不想再听许东说话的声音了，也不想再这么尴尬下去了。她突然黑了脸，平时的霸道终于又回到了身上，她要狠狠关门，并且眼睛里对那孩子射出生气的目光。

许东拉住了。"干吗，干吗关门？我认识他，你不是下午买过冰淇淋吗？"

他把头伸出去了，想就着楼道的灯光将刘塞林看得更清楚一些。刘塞林抿着嘴，见他头凑过来，并没有一点向后躲的意思，许东第一个念头是，这孩子个头不高，第二个念头还没来得及出来，就觉得身体里不知道哪里一热一麻，他有些奇怪，难道是瞌睡突然来了？

紧接着男孩转过了身，他没有去开电梯，而是一把推开安全通道的门，向楼梯跑下去。许东能听见他一路急切地下楼声，球鞋踩在楼梯上，发出的刷刷的干净利落的声音。

他靠在了符拉拉的身上，他没有一点力气了。一分钟之前，还在他身上的力气，似乎随着那孩子的跑远，也渐渐地离开了他。他的确是瞌睡了。可是符拉拉并不能撑住他，或者，是这个女人实在不地道，不愿意这么撑着他。床上撑，床下还撑啊？他嘴角一咧，为自己这个幽默的想法笑了起来。

符拉拉终于发现了问题，许东的腿在流血，因为他穿着短裤，这血，让伤口显得格外的触目惊心。

她扔下了他，快速去房间里打电话，叫120。

符拉拉不是个容易慌乱的女人，有时候，仿佛越是情况紧急的时候，她脑子似乎越是清醒。她三下五除二地，已经拿到了毛巾，还有撕成长条的衣服，紧紧勒在许东的腿上。许东被这猛地一勒，疼醒了。符拉拉凑近他的耳朵，快速而凶狠地说了句："伤口是你自己不小心扎到的！知道吗？完了我给你钱，很多很多！"

救护车来之前，许东脑子里最后的回音是："给你钱，给你钱，给你钱，钱，钱，钱……"

符拉拉那天忙到凌晨，才拖着疲惫的身子回家去。许东还要观察，还好没有伤到大动脉，否则这个上午，乃至以后很多的上午，她都不知道该怎么度过。

她感觉浑身累到无话可说，清晨的空气，还有一些昨夜热气未散聚集起来的雾。她锁了车门，拖着脚，一步一步地走到电梯跟前。她几乎想不起来昨夜那让她尴尬，让她心惊肉跳的一幕了，她想好好睡一觉，想打开淋浴喷头，把自己好好冲一冲。

可是，伴随着这些纷乱思绪，在她虹膜背后依然存在的乱糟糟的画面、场景、人物、白大褂、抢救、手术室，病房、来苏水味……所有东西中，一个声音，却一直回响在她的耳边，清晰、干净、毫无矫揉造作，充满了情谊、爱恋和感动："妈妈，你是怎么了？"

第十三章
刀　锋

干净利落地，刺了许东一刀后，刘塞林以最快的速度跑回了家。

　　刀锋扎进皮肤的感觉，竟如此柔和、顺手、简单，这让他吃惊极了，甚至很想再来一下。但许东的脸色突然变了，他一定感觉到了疼痛。

　　刘塞林心怦怦跳着，但他并不害怕，因为他又听到了一直回响在他耳边的、那奇怪的声音，断断续续，一阵又一阵的耳语，在告诉他，去吧，去吧，你没有做错，你只是看到了你不该看到的事情。

　　纤细，微小的折刀，重新握在了他的手里，他发现面前的这两个人，都好像没有丝毫注意到他做了什么的样子，他们看他的眼光，依然是愣愣的。他二话不说，返回了身子，一把拉开了安全通道的门，向楼梯下跑去。

　　"耳语小姐"，那个他颇熟悉，可没有人能看见的人，又在他的耳朵边轻轻地喊了起来："跑啊，跑啊，跑啊……"

　　一进门，他就直奔自己房间，拿出包，打开柜子，收拾了几件衣服进去。他倒了杯水，喝了几口，摸了摸裤兜里的信封，鼓鼓的，四千块钱都还在。是晚饭时他去问父亲要的。只要手里有钱，他的恐惧就没有那么剧烈。父亲很干脆，什么话也不问他，要钱？一万？臭小子，没那么多，老子最近生意不景气。给你四千吧，不过你小子得给我记住了，不许做违法的事。好了，去吧，有好消息告诉我。

　　是的，他就是这么说的。虽然刘塞林未必看得惯他一把年龄，还流里流气的样子，但他对他，从来没的说。

　　好消息告诉他？那么他刚才做的，算不算是好消息？刺了母亲小情人一刀？如果告诉他，他一定会乐滋滋的吧？

　　算了，这帮无聊之人。他们乐滋滋，或是不乐滋滋，跟我有个屁的干系啊。

　　出门前，刘塞林看见了扔在一边的裁纸刀，刀把上还有血。他找了张卫生纸，胡乱擦了一下，然后折好装进了自己的口袋，直接去了火车站。

　　他能想象得出再见到母亲，她会怎样，一触即发，怒火熊熊，简直就是一捆炽热的铜丝。

　　他要去找蓝贝贝。她是他的妹妹，他为什么不能去找她呢？而且，她家里父母都不在，只有她一个人，她没有理由不收留他吧。

可谁知道，蓝贝贝一听刘塞林打来电话，说自己在北京，想见她，口气和网络上的立刻大不相同。她竟颇为警觉，仿佛他刘塞林成了森林里的豹人似的，完全是拒之千里的口气。她硬硬地说："你要见我干吗？"

"和你做伴。"刘塞林傻乎乎地说，"你不是说你父母都不在你身边吗？"

"那和你有什么关系？"

"我来帮你。"

"吃错药了吧？你帮我什么，去见父母？"

刘塞林吃惊无比，他怎么也想不到蓝贝贝会是这样的态度。她到底怎么了，前几天在网络上，她还叫他哥哥，还说两人联手，天下无敌。还跟他说要他注意身体，好好吃饭和休息。为什么换了一个空间，她就成这样了呢？

不对，这个一定不是蓝贝贝。真实的蓝贝贝也许被什么人绑架并藏起来了，他们变成了她，待在她的大房子里，从她父母那里骗钱花。这个秘密，目前应该只有他才能识破了吧？

他决定要把这个事情搞清楚，总不能让蓝贝贝一个人待在黑黑的角落，没吃没喝，受人虐待吧。他是谁，盔甲人啊，他有天下第一快的战马，还有通关密语，他怎么会找不到自己的妹妹呢？

他对那个"假冒"的蓝贝贝说："我从深圳带了一些东西要给你，这样吧，我把东西给你，我就走。"

很小他就听父母这么讲话，他们每次要出去办事，要见什么人，总是这么说。久而久之，这句话留在了刘塞林的脑袋里，仿佛也好像是一个通关密码。

果真，蓝贝贝不再那么抗拒他了。她的声音放缓了，她说："你在哪里？网吧吗？我听见声音了。"

刘塞林的确是在网吧，除了网吧，这个城市并没有什么地方是属于他的。她说她很快就来找他，可直到傍晚，刘塞林才见到了蓝贝贝。和照片上的蓝贝贝并没有什么不同,短短的头发,皮肤很好。可是如果说真有什么不同的话,可能是气质。

在网上,蓝贝贝很像个文艺女青年,一副不管死活,随时都能跟什么人私奔的劲头。可真人,却完全不是这么回事。眼风凌厉,嘴角细长,上上下下看着人,说起话来,舌头在嘴里跑马,完全不拿人当人的感觉,是北京姑娘特有的味道,直接点儿,可以说精明、势利和市侩。

刘塞林被蓝贝贝看了几眼后,立刻猥琐。他找不到丝毫的优越感了,这是怎么回事?她怎么能这样?

而她外表的嚣张,并不是伤害他的全部。最糟糕的是,她是带了另一个男孩子,一起来的。

男孩岁数不大,头发也不知是烫,还是天然卷,又长又乱,拿一根皮筋扎在脑袋后面。额头全光,壮、高、白净、漂亮。看不出男孩多大,可是他浑身上下那满不在乎的劲,和北方男孩不开口就有的调侃味儿,让刘塞林不知所措。

娇小的蓝贝贝,一把将那个男孩拉到了刘塞林跟前:"怎么样,我男朋友?帅吧?"

刘塞林紧张地盯着这个大男孩,很有点糙爷们儿味道的大男孩,一声不吭。男孩穿了一件敞着怀的黄黑方格衬衣,里面是件黑色的圆领白T恤,下身宽腿中裤,露出一截硬硬的,带着腿毛的小腿。运动鞋,匡威的。白色的袜子,拉得蛮长。他足有一米八的个头,头发虽然扎着,被风吹起,还是引人注目。他大眼睛,大嘴巴,高高的鼻子,似笑非笑地。看着刘塞林,也不说话。

蓝贝贝说:"他有腹肌,你要看吗?"

好几秒钟,刘塞林才反应过来,蓝贝贝这话是对他说的。"啊?腹肌?"

"看吗?"蓝贝贝很兴奋,说这话的时候,两个脚还在轻轻地跳跃。表情仿佛是在说:"他藏着核机密文件,你要看吗?"

刘塞林点点头。他看了一眼这个大男孩,他的确是个大男孩子,毋庸置疑,虽然个头高,虽然打扮得很摇滚,可他就是个大男孩。

"不要啦。"男孩大着舌头抗拒着。

"要要要，"蓝贝贝依然跳跃着，说着就要伸手扯他的衣服，"给他看啦。"

男生冲刘塞林挤挤眼："她总是这么对人介绍我。"

说着，终于不客气地撩起了衣服。刘塞林看到了腹肌，是的，的确是腹肌。一二三四五六，蓝贝贝的手指兴奋地在男生肚子上指着。接着，她又说了一句骇人的话："他力气可大了，他可以抱起你来！"

"不，"刘塞林，直往后退，"不要抱。"

"快，快抱他！"

她却不管不顾，非要让男生下手。刘塞林看出来了，这男生，是不会拒绝蓝贝贝的要求的，无论她说出怎样不可思议的话来，他都不会反对的。

他是个好脾气的男生，比起他粗犷高大的外表来，他的心好像温柔得多。他立刻向刘塞林伸出了双手，做出拥抱的姿势，刘塞林躲避不及，被他笑呵呵地一把抱了起来。

刘塞林已经很多很多年没有这样两脚悬空的感觉了。男生为了好玩，加了一把劲，做出要将他扛到肩上的样子，这吓坏了刘塞林，他大喊起来："不，不不，不不。"

放下他，惊魂未定，男生伸出了手，跟他握。"我叫邵飞，"他说："北京欢迎你。"

蓝贝贝开心极了，她恨不得要跳到邵飞的背上去。她对着刘塞林炫耀着："是吧，是吧，我说得没错吧。他力气是很大呢！"

刘塞林尴尬地点点头。没等开口说话，蓝贝贝向他伸出手来："你给我带什么东西了？拿来啊。"

刘塞林从口袋里掏出一套邮票来。这是他打完电话后，灵机一动才去买的。他不知道买什么才合适。果真，蓝贝贝撇着嘴："难道这东西，北京没有吗？还吓唬我，从深圳给我带东西来。好吧，看在礼物的分上，谢谢你。我们请你吃饭吧？"

刘塞林摇头，不吃了。他是没有心思吃，还吃什么啊吃！

他发现蓝贝贝对他并不像网络上那样有情有义，她只是觉得好玩，才会来见见他。可是他这个人并不好玩，说不定她早就对他失望了。如果没有旁边这个叫邵飞的男生，她肯定跟他多说两句都不肯吧？

这些几乎可以确定的想法，让刘塞林觉得很是沮丧。他在心里评判着邵飞，他是一个豹人，肯定的——他越来越感觉到邵飞明亮的眼睛里，射出了阴郁残酷的光芒来。不，这不是神经失常者的瞎想，而是刘塞林仔细观察的结果。他能意识到，如果对蓝贝贝讲出他为他们设计的游戏故事来，她可能会讨厌，可是那又怎样，她不是也有让他不愉快的地方吗？

他的嘴角耷拉了下来，蓄满愠意。他用藏在裤兜里的指关节敲着自己的大腿，他摸到了那把裁纸刀。噗，动作很快，最奇妙的是，几乎没有声音，你能相信这一切吗？

这两个人，并不想放过刘塞林，他们甚至没有注意到他的不快。他们将他拉到了不远的永和豆浆店里，除了吃饭，还想聊天，讲讲你来北京，主要干什么？

刘塞林这个时候，能说什么呢？他在深圳动了刀子，那个人死活不知？他是逃官司的，是来找蓝贝贝企求安慰和温情的？

蓝贝贝见他不说，就跟叫邵飞的挤眉弄眼："我说了嘛，他是来看我的。对不对，你爱上我了是吗？"

她转向刘塞林，得意俏皮的样子，让邵飞哈哈大笑了起来。

虽然都是差不多年龄的人，但邵飞的心态，明显比刘塞林好很多。他胜券在握的样子，时不时地，还说几句调皮话。"您爱上她了，您可千万别给自己添不快，就这么一祸害，我替全国人民承受，就可以了。您千万别蹚这浑水，她可不是省油的灯！"

蓝贝贝问他："旅馆定了吗？"

刘塞林说："你，那里不是有地方？"

邵飞立刻说："刚才怎么教育您的，全都忘了啊？让您别蹚浑水，您还来劲了嘿。别价，她那里您不能去，我住在那里呢，您要去了算怎么回事啊，3P啊，派出所会抓的！"

他说完，自己觉得特别可乐，仰着脖子，就大笑了起来。蓝贝贝也乐不可支，靠在他身上，使劲地笑。

豹人！

因为你看，他的牙都露出来了。是的，他有獠牙，虽然藏得比较深，可藏得再深，又怎么能逃得脱刘塞林的眼光？

世上没有白做的功，他打游戏这些年，他什么样的陷阱、埋伏、机关会看不出来呢？

想到这里，他甚至有了一些小小的得意。他再次回忆起如何跟踪许东，又如何找上门去。在门被打开的一个刹那，看到母亲慌张无主的表情时，他竟涌上了无法言说的成就感。他觉得从自己身上失去很久的力量、勇气，又再一次地回到了身体里，他和母亲，又可以紧密地联系在一起了。

她还是跟他无话可说吗？那好，一切尽在不言中，就让刀子来开口吧！她会明白他的感情，会明白这两年他想对她说的话的。

他看看蓝贝贝，他也要让她明白，他对她说不出来的关切、爱护、疼惜、向往和友情。

他不喜欢邵飞，对一个豹人，他无法付出任何正常人的感情。他看了他一眼，见他还在乐不可支，还在洋洋得意。

而且，他在嘲笑着他对蓝贝贝最干净、最无私、最高尚的感情。

他不让他蹚浑水，听听，这都是什么话啊。

刘塞林不语，一言不发。觉得跟这么些人实在是无话可说。饭后，他们提议带他去蓝贝贝家不远的地方找旅馆，他们走在前面，他跟在后面。那两个人，没心没肺地，在他眼前又搂又抱，高兴起来还追着撑着互相打闹。

刘塞林被指示了一个外面点着灯箱的小旅馆，"平安旅馆"，"五十元一夜"，有热水，有电视。

"您就住这里吧，反正也便宜。明天要是想去哪里玩，再给我们电话。"邵飞说。

他站住了，点点头说好。他的声音不大，目光说不出的平静。一切尽在掌握中，他的表情似乎就是这么在说。

他向他们挥手再见，再见，再见。再而不见。

最后一句，是他自己嘴里嘟囔出来的。

这旅馆外面的一小片空地，在懒洋洋的夏天晚上，被路灯照得格外的安详。刘塞林单薄的身体，沉浸在这片并不敞亮的光线中，心里没有未来，没有过去，没有自己，没有他人。只有"耳语小姐"在对着他喃喃地，说着些什么。

前面两个摇摇晃晃的身影，越来越远，渐渐地，他脚不听使唤地，跟踪在了后面。

四天后，是周末，在城区的另一边，一块正在拆迁的旧房区附近，邵飞和乐队晚上一起排练完，他想点支烟抽，落在了乔茵和溜达的后面。

谁也没有听到什么声响，也没有看到什么奇怪的人。乔茵和溜达在前面等了半个多小时后，返回原路去找，只见邵飞躺在地上，血流如注。

是刀伤，脾，肝，全扎穿了。

凶手不明。

这天晚上，乔茵，溜达，还有遥遥，一起在医院守到了凌晨。

手术室一直在紧张地抢救之中，几个孩子闷着头，坐在外面。乔茵无数次地回想起那条小路，他们怎么一起走出来，又怎么返回身去。夜晚天色很暗，但空气中，有一种茂密的茅草的味道。这是一块很快就要开始盖新楼的废地了，他们之所以会选择来到这里，只是因为地广人稀，他们可以尽情地发出声音。

一来一去之间，竟造就了两个世界。仿佛此刻这个医院的世界，只是为了掩盖另一个世界遭遇的风险。而另一个世界，才是问题真正的所在，现实，可以忽略不计，心潮起伏，难以平静的，是洇满了血水的那块土地。

拥挤的都市，几个少年的追梦之旅，戛然停在此处。

遥遥突然发出了憋闷的哭声，她仿佛被自己的哭声吓到了，突然地，捂住了嘴巴。可是很快，她蹲下身子，靠着墙，将自己紧紧抱着。她害怕，胆怯，从没有过的恐惧和慌乱。

她的嘴里，很自然地冒出了一声带着哭声的呻吟："妈妈。"

清晨四点三十五分，医生从手术室里走出来，面对着哑口无言、乱作一团的几个孩子，和邵飞那个平时大不咧咧，此刻却忧心忡忡的父亲，摘下口罩，低声清了清嗓子，说了一句："对不起，我们尽力了。"

第十四章
弟　弟

在成都某条街的一棵树下，埋藏着乔茵心底的一个秘密。

作为当事人的陈先旺，还有他的现在的妻子，可能早已经淡忘了。可乔茵每每想起那棵树，仿佛仍能看到傍晚的暮光，透过它的躯干，映在地上的影子。

这棵树，种在爷爷奶奶家最早的老院子里，是棵桑树，椭圆形的叶子，发出青涩的苦味。树枝不粗，可树长得挺高。后来旧街改造，院子拆了，可幸运的是，这棵并不起眼也不整齐的树，却留了下来。因为它正好在新建小区的围墙边上，园艺工人，可能为它花了点心思，因为那刚巧探出围墙的树梢，凌乱而随意，和现在到处整齐划一的树木比起来，颇有一点古风的味道。

乔茵觉得，这是命里注定。

到北京后，她每次回成都，都会去看那棵树，它长大了，有那么一点蓬乱的感觉。她踮起脚，伸长胳膊，摘下几片叶子下来。然后夹在某本书里。她并不会经常记得这事，可是某一次，如果她正巧翻到了书本的某一页，已经干脆，却还能看出绿色的叶子，翩然飞起时，她会突然泪盈于睫，变得脆弱而伤感。

这棵树的下面，埋着一个出生两天的小婴儿。

他是乔茵的弟弟，在她九岁那年，父亲和继母生的孩子。

乔茵四五岁，正开始和这个世界建立联系的时候，母亲离开她去了北京。但这并不是造成她敏感脆弱的主要原因，最主要的是，母亲的走，带走了一个对她来说安详和平的日子，她难以理解母亲的消失，不知道为什么，她是这样的思念着她，而她却可以弃她而不顾。

她还清晰地记得，再小一点的时候，她和很多从大人那里能得到足够爱的孩子一样，一旦看到有某个成年人没有孩子，她就会真心地替他们感到难过。

可是什么时候开始，她不再替大人难过了，而是开始为来到人世的孩子感到伤心？

本能地，她就会觉得宝宝很可怜，很弱小，很容易受到不公平的待遇。

大人总是呱啦呱啦地说着他们的话，他们评论宝宝的脸蛋，讲述宝宝每天的变化，还动不动就说宝宝的大便。可是宝宝呢，他们紧紧闭着眼睛，脸色也不好，一点点响动，就能让他们浑身都受到惊吓，两个拳头捏在一起，想塞进嘴里，可是都不能做到收放自如。

乔茵不喜欢自己的继母，甚至连父亲她也不喜欢。陈先旺一身的坏毛病，她很小就能感觉得到这一点，因为他周围所有的人，谈起他来，都带着一种担心，而不是赞赏的口气。爷爷会对乔茵说："这事你怎么能托付给你爸爸呢，他是个什么人，你不知道吗？他会忘记的，他才不会记得住呢。"

奶奶呢，奶奶会说："去王麻子家叫你老伙儿（父亲）回来，每天都要去赌博，吃饭都要人喊，这么大岁数了，娃娃都有了，还这么没皮没脸。"

继母呢，继母跟乔茵说话不多。她不是很漂亮，可是非常年轻，非常非常年轻，她老家在川西农村，能嫁到城市里来，似乎是件很光荣的事情。她总是做很多事情，对家里每个人都毕恭毕敬，但对乔茵，并没有什么特别的好脸。她尽量不答理她，常常连正眼也不看她一下。乔茵一见到她，心里就会很烦，她就像是从外面硬跑进家来的什么人，要取代母亲，可是她又不知道拿她怎么办。

她心里还记得妈妈的所有一切，但所有的一切，又都变得可有可无。对一个十岁不到的孩子来说，乔茵觉得尝尽了悲苦。

继母偶然也会对乔茵讲她的父亲："好吃懒做的家伙，要是没得我啊，你娃儿连明天吃啥子都不晓得哦。"

乔茵听所有人讲她的父亲，她都沉着个脸，一声不吭。

和很多对父母失望的孩子一样，乔茵对亲情的期待，也渐渐收敛起来。她不再在大人跟前撒娇了，也不会对他们说什么心里话。她和朋友在一起玩耍，付出全部的热情，可是偶尔，小孩子之间的钩心斗角，或是别人对幸福家庭的描述，也很容易就会伤到她的心。

一方面，她渴望着友谊，渴望着纯真的感情，但另一方面却发现，这个世上，能和自己做到亲密无间，自己愿意为他付出所有真情的人，实在太少太少。

突然有一天，她发现继母肚子大了起来。她的动作，也变得古怪了。可是最奇怪的，却是家里气氛的改变。爷爷奶奶的牢骚少了，整天喜笑颜开，走在路上，会特别大声地跟邻居们打招呼；爸爸呢，不再每天都去王麻子家赌钱了，他有时候还会在茶馆里坐上一天，收钱，张罗生意什么的。

继母不再天天洗衣服了。她扶着腰坐在椅子上，脸也圆了起来。

乔茵听到有人在问她："你爸爸有了娃娃，还对你好不？"

"乔茵，你要有小弟弟还是小妹妹了，晓得不？"

乔茵站在一边，悄悄摇头。她不知道什么小弟弟或是小妹妹，可是很快地，她意识到，原来那些人，正是在说继母那奇怪的肚子呀。

原来她要生宝宝了。

和其他孩子，会对家里突然出现的另一个孩子有所嫉妒不同，乔茵一意识到她可能会有一个弟弟或是妹妹后，就产生了一股无法抑制的温情和喜悦。这是自从母亲离开她后，她再也没有过的快乐和振奋了。她就要做姐姐了，以后会有一个比她小的小娃娃，跟她在一起。这个孩子，和其他所有人都不一样，他是她的弟弟或妹妹，从血缘上讲，完全是属于她乔茵的，她会为他付出她所有的爱和帮助，关心他，保护他，而他呢，不会像其他孩子一样，让她在快乐的投入中，突然感受到一丝阴冷。

小时候，她曾看过一个童话，熊妈妈对熊宝宝说过一句话，让她从此再也无法忘记。熊妈妈说："孩子，我愿意为你做一切。"

乔茵想，虽然她有爸爸有妈妈，可这个世上，却没有愿意为她做一切的人。妈妈为了自己的前途，离开了她。爸爸为了自己的快活，娶了另一个女人。可是如果，这个弟弟来到人世，乔茵也会像熊妈妈那样，对他说我愿意为你做一切吧？

继母奇怪地发现，这个宝宝的到来，竟然让乔茵变得对她好了很多。她开始主动靠近她，问她一些关于孩子的事情。到底是男孩还是女孩，你要去给他买衣服吗，叫上我一起去好吗，你看，我给宝宝画了一张图画，我希望能有个弟弟，我喜欢带着弟弟跑，他长大了，还可以保护我。

这段时间，是一家气氛最好的时候。乔茵渐渐完全忘记了万紫，她每天都盼望着宝宝尽快地生下来。有时候正在上课，她突然感到自己心跳加速，她会着急地想，天哪，宝宝是不是生下来了？

可是孩子出生，却是那样的意料之外。继母和老家来的姐姐，在逛街时突然感到了剧烈的疼痛。两个女人，打心眼里害怕着城市的一切，非要先见到陈先旺，才肯去医院。

孩子却脐带缠绕，等剖腹产生下来，处于昏迷之中。

第二天，孩子死了。

连名字都没有。大人们说，这么小个孩子，就别再专门去买墓地了，埋在院子里的树下吧。

乔茵躲在房间里，哭得比继母，比父亲，都要伤心。她已知道那是个弟弟，就像她从小到大很多的美好的希望一样，还是破灭了。

乔茵后来在树干上用小刀刻了两个字："宝宝。"他太小了，来到世上的时间也太短暂了，以致名字都没有。

乔茵第一次见到邵飞，看他冲她龇牙咧嘴地一傻笑，她就喜欢上了他。乔茵很漂亮，她身边有很多喜欢她的男孩子，可是邵飞和所有男生都不同，他天性单纯，自在，加上眼里只有遥遥一个女生，所以，当他觉得乔茵很棒时，发自内心的，是那种纯真善良、满含友情的微笑。

这微笑，乔茵立刻就看懂了。

后来，有次聊天时，邵飞自爆比她小三个月。乔茵就说："那我当你姐姐吧？"

邵飞愣头愣脑地一点头，立刻叫了一声："姐。"

如果说人与人之间，有一种不可多得的神秘缘分的话，邵飞和乔茵，就是一对。他们心中对彼此的好感、喜欢、默契，比起普通的男女之情来，要深入得多。

那是他们刚成立乐队不久，几个人，外带遥遥，一起坐在一幢旧二层小楼的前面。地上有人家刚做完木工活的木屑，空气中很湿润，果真，没有一会儿，就打起了雷。

可是雨却一直没有落下来。邵飞叫过乔茵一声姐后，乔茵内心的温暖，就像这一直没有下来的雨点一样，让她积蓄着满满的情感。邵飞坐在乔茵的旁边，他是那么的安静，就仿佛他的童年，也曾有渴望过姐姐的岁月。他们悄悄地坐在一起，乔茵只觉得好像好久以前，她和邵飞，就已经坐在这里了。

邵飞死后，乐队的活动基本全都停了下来。乔茵一直躲避着母亲，手里从爷爷奶奶那里弄来的钱，基本都花完了，可还差三首歌没有录完。乔茵从没有这么沮丧消沉过，她觉得自己的努力全都白费了。

邵飞不在遥遥那里了，她再住下去，已经没什么意思。暑假突然就到了，遥遥在托福中心报了名，她整个人像变了似的，再也不胡说八道、笑呵呵的了，她沉默少语，还留起了头发。

她的表情和态度，似乎是对乔茵、溜达有所责怪的，她好像跟他们一夜之间，变生疏了。没有了邵飞，她连调皮话都不会跟他们说了。乔茵心里很难过，她在想遥遥这样，是因为责怪她没有照顾好邵飞吧？

凶手下落不明，警察问过多次，完全没有线索。邵飞认识什么可疑的人吗？邵飞去过什么可疑的地方吗？邵飞生活中有什么仇人吗？不，当然没有，哪里会有，他人缘极佳，是典型的大家都喜欢的那类男生。那么遥遥呢，遥遥你有什么可疑的交往对象吗？

遥遥瞪着眼睛，莫名其妙。十一岁，她就开始一个人常住北京。十四岁，和邵飞开始交往，他们是小恋人，可也是好朋友。除了乐队这几个人，她平时的朋友并不多。网友？有，现在谁会没有网友，见过，都见过十几个了，男男女女都有，和我们岁数都差不多，大家说说笑笑，见过就散，不，并没有什么特别的人和事。

说到这里，遥遥脑子里却突然想到了什么，那是一种不大令她舒服的感觉。可是她说不出来，也不知道从何说起。刘塞林只是来北京玩，见了他们一面，第二天他就说自己已经离开，从那以后，再也没有联系过。这难道能算是可疑的交往对象吗？

不，他最多只是众网友之一吧。

遥遥想父母了，邵飞离开了她，她每天都觉得很可怕。总觉得身后有人，有刀，有不明所以的鼻息。她很想念邵飞，把他的相片放在项链里，挂在脖子上。她还没有太意识到，这场生死离别，对她的人生意味着什么，她的性格变了，看人看事的眼光也发生了改变。但这些改变，却要等她好多年后才会慢慢懂得。

她觉得自己总是容易口渴，心慌，掉眼泪。她不想跟人说话了，见到同学也尽量往墙边溜。母亲周末打来电话，立刻听出她情绪不高，追问良久，终于将邵飞的事问了出来。她不放心遥遥，干脆利落地说："我这就打票，回来看你。你去报个托福班，准备出国外语。"

"去智利还需要托福啊？"

遥遥这么些年不跟父母在一起，父母也不怎么愿意接她过去，正是因为他们在智利做生意。反正还不如在北京读书呢，至少学习不用耽误。现在父母终于说，他们一家，争取明年在加拿大团聚。这样一来，遥遥的外语则很重要。

"妈妈很快就回来了，会陪你一段时间，你先去学习吧，去学好英文。"

于是，遥遥对乔茵说："我妈妈要回来了，你得回家去住了。"

她在房间打扫卫生，其他几个房间的床单，都已经卷起来扔在了洗衣机旁边，乔茵觉得她只是在等她一走，就要将她的床单扯下来。乔茵说："我帮你洗吧？"

虽然她不想回家，一点儿也不想回家，对乔茵来说，回家则意味着走回母亲希望她走的轨道上去。现在乐队这个样子，她没有理由继续不去上学。

她不能总赖在这里吧。遥遥并不是乔茵喜欢的那种类型，但邵飞喜欢她，她觉得自己也就对遥遥有了一种责任。她不觉得她是在赶她走，只是想遥遥一定很痛苦。帮着遥遥收拾房间时，她看见了邵飞常在脖子上挂的一个藏饰，怕遥遥触景生情，她小心翼翼地将饰品放在桌子上。可十分钟不到，她发现遥遥将它扔进了垃圾袋里。

也许她早就忘记了这饰品是邵飞曾戴过的吧，乔茵拣起来，赶紧收进自己怀里。

她提着行李包，肩上背着书包，出了遥遥的家门。她给万紫发了个短信："妈妈，我这段时间，回家住。"

万紫很快回复："好。"

回到家的乔茵，发现万紫对她的态度发生了奇怪的转变。她不再火急火燎总是问她的行踪、现状、心情、开销了。这段时间她已经知道乔茵的钱都用来做了什么，虽然事后她把常晓和前公婆的钱都已经还上了，可她对乔茵说："这些钱，你自己记住，是你借的，你要还给他们。"

从成都回北京后，万紫通过学校找到了遥遥的住地，那时邵飞还没出事。万紫跟乔茵说，她可以暂时不用去上学，可以唱歌，可以做她想做的事情，甚至她只要讲清楚用途，她也不追究她骗来的钱。但是，只有一个希望，她能回家去住。

乔茵干脆地说，不。

万紫站在遥遥家的门口，脸色铁青。房间里其他几个孩子，面带敌意地，一起注视着她。万紫威胁道："再说一遍，你回还是不回？"

"不回。"乔茵说。

万紫抬手就给了乔茵一巴掌。

她把那句当初母亲扔给她的狠话，嚼了又嚼，终于在肚子里嚼碎咽了下去。乔茵手捂着脸，眼泪汪汪地看着她，眼睛里说不出的恨、急、恼、羞、气。

让万紫活脱脱看到当年的自己。

万紫不忍了，自己眼泪也掉了下来。一把将挣扎着想摆脱她的乔茵抱在怀里，彻底投降，她抽抽搭搭地说："你实在不想回，就待在这里吧。可是有一天，随便什么时候，你想回家了，妈妈随时都等着你。"

乔茵只看到母亲狼狈认输，心里甚至还有一些得意。她永远不会想到，她要回家的这个短信，给万紫带来多大的惊喜。她正开着会，突然就热泪盈眶，她抿着嘴，把眼泪流进嘴里。手指紧紧握着，耳朵里再也听不见任何其他响动，心里一个劲快速地念叨着："感谢上帝感谢上帝。"

她觉得是自己这段时间的祈祷，有了结果。

是的，万紫为了这个女儿，成了万神论者。和很多人一样，对人生略感幻灭时，宗教则成了觉悟。上帝，佛祖，土地爷爷，胡大，观音，菩萨，河神，山神，海神，天神，什么都信，什么都求。走到哪里，想起乔茵来，嘴里就会念叨一番，保佑保佑，老天保佑。甚至去疗养院看母亲，也会对母亲念叨："妈，你保佑乔茵回到我身边来，她还太小，不能就这么走向社会，放任自己。"

在万紫看来，母亲病情中有些奇怪的表现，似乎也是一种通神，她总是噘着嘴巴，仿佛品味着生活苦涩的滋味。万紫看着她的表情，发现依稀仍有对她的怨恨。有时候，在慵懒闷热的下午，老太太昏昏睡去，万紫握着她的手，努力想穿越时光隧道，寻找到为人之母的本真之路。

母亲的一生，似乎是要终结在这张床上了。万紫很想知道，她是否为自己早年的艰辛和付出有过怀疑？不值得为了女儿，流那么多的汗水，不值得为了孩子，放弃可能的爱情，不值得为了她万紫，拿出那么多钱，乃至失去了更好的生意机会？

其实当初，她也是可以将万紫放在舅舅家里，自己去成都做生意的啊。然后，拿钱去弥补亲情。可是母亲没有，她的姿态，是要和万紫同生共死的。

所谓人生之道，万紫想，说白了，就是一种自我省悟。你渐渐学会用不同的角度观察事物，因为有了这不同的角度，可能就不会再像从前那么担惊受怕、忧心忡忡，但从表面上看，你其实并没有发生大的改变。

她从上海退学后，母亲看她的角度就变了吧，不再拿她当曾经不分不离的孩子看了。视角变了，她也变得冷酷了。

虽然这些人生省悟，你并不能看得到它的样子，可它们却比你的以往的任何经历都要真实。

这难道不是有点滑稽吗？

万紫想，她伤了母亲，母亲也伤了她。亲人之痛，永远都是双方的，绝不会有一人高兴一人痛苦的事情。

是不是因为想明白了这个，她才会对乔茵固执的做法，网开一面？她希望自己不要那么坚硬，只要她不冷酷，乔茵也不会太过痛苦。

回到家的乔茵，变得非常沉默。

偶尔，会跟溜达一起出去，吃吃冰淇淋什么的。但她就像个溜出门的兔子，不一会儿，就回到了家里。万紫除了吃喝拉撒，坚决不再多问她的任何事情。她买了一些文艺片的碟，其实她并不怎么喜欢看，可是只要乔茵在，她就会放，果真，乔茵也会坐在旁边来看。

正是暑假之中，乔茵既不上学，也不唱歌了。她停滞了下来，好像在等待着什么。

一个月后，邵飞的家人要为邵飞举行一个告别仪式。因为天热，加上又牵扯进刑事案件，邵飞匆匆火化，并没有举行葬礼。

这是补办。

万紫特意请假，跟乔茵一起去。

除了陪同乔茵悼念她的朋友外，她也很想见见邵飞的父亲。这是邵飞家的私人活动，但来的人非常多，父母的朋友，同事，邻居，邵飞的同学，老师，亲戚。乔茵两眼哭得红红的，给邵飞带去了他们没有录完的一张碟。这些工作不知道是她什么时候做的，封面还有一张邵飞的相片。

邵飞的父母很感动，特意来感谢乔茵。万紫看到邵飞的父亲，果然是一个自在人——事已至此，她对他还能说什么呢，当初他教育孩子的方式，是那样的令她骇突，但这一刻，她感动于他对儿子的一片真情。

他亲自念自己写的悼词，说邵飞可爱，大度，明理，爱护女生，热爱音乐，喜欢朋友，尊重父母，崇尚自由，他是个注定要在天空飞翔的精灵，也许这一去，也是他的愿望啊。

万紫流下了眼泪。

邵飞的父亲是个性情中人，他尽量用普通话来朗诵，去掉油腔滑调的北京口音，结果让他的朗诵有点做作的风格。他粗大的嗓门，哽咽着，尽量不让自己哭出声来。

遥遥也来了，身边还站着一个男生。黑皮肤，小寸头，大大的眼睛，颇有南方少年的灵活、柔软和清秀。遥遥侧头，对他说着什么，那样子，是亲密的。

　　乔茵怒了，邵飞这才离开几天，她怎么就可以跟别的男生在一起？

　　她看着她，想用自己眼睛里的愤怒告诉遥遥这一切。可是遥遥并不在乎，她现在连乔茵都不想答理。如果不是她妈妈今天非要让她来的话，她可能都不会来。

　　不，这不是因为她忘记了邵飞。而是……她激烈的情绪，实在是非常需要另一种情感来代替。

　　她毕竟还只是个孩子，她不希望总在别人眼里看到同情，好奇，或是怜悯的眼光。她想当然地以为，只要自己做出不在乎的表情，其他人也就不再会当着她的面，安慰她，或是可怜她了吧。

　　她自欺欺人地认为，生活中最可怕的事情，其实并没有真的发生过。只要她忘记——邵飞在的话，肯定也希望看见她一如既往地快活，不是吗？

　　于是，她决定用一些虚无缥缈的幻想来为自己遮风避雨。关于这点，遥遥父母早就给她做出了榜样——他们将小小年纪的她一个人留在北京，然后假装这一切都很合理，大家都很开心。

　　北京的教育对孩子好，不是吗？他们在智利能更多地赚钱，不是吗？并不是每个孩子都离不开父母，不是吗？我们的女儿一切都很OK，读私立学校，周末回家做功课，有要好的朋友，不，不同居，不上网，她一切都能管理好自己，不是吗？还有，一家三口，虽然天各一方，可我们的未来一片光明，不是吗？

　　眼见东边袭来一片风雨，女儿的成绩连续几年差不堪言，他们立刻想象到几年以后，女儿相貌出众，加上不菲陪嫁，肯定会遇到一翩翩公子。突然，西边狂风大作，女儿的男朋友被人杀了，他们索性给自己拼凑出一幅送女儿去加拿大读书的美好的情景。

　　受到父母为人处事的影响，遥遥很快也就自欺欺人起来。

　　身边这个叫张单的俊秀男生，是她读外语班的同学，来自昆明。是一个性格随和、乐于助人的男孩子。在班上没几天，他就被几乎所有的同学都认可了。他帮老师擦黑板，调节课堂气氛，替女同学解围，组织男生踢足球。他落落大方，态度可亲，又有十足的幽默感。

遥遥立刻就盯上他了。她觉得张单能给她带来安全感。

至少，能帮她摆脱目前的困境。

回家的路上，万紫开着车，乔茵一言不发。她很伤心，这伤心的程度，让万紫有些吃惊。可是她很快就知道原因何在了，因为乔茵突然对万紫讲起她曾有过的那个小弟弟。

她问万紫："你知道阿姨曾给我生过个弟弟吗？"

万紫说不知道。她是真不知道，从头到尾，都不知道还有这样的过程。陈先旺后来再也没有生过孩子，和后妻的感情也很不好。她一直以为那女人身体有什么问题，她不是没有想到过，陈先旺娶那个姑娘，就是为了再生一个儿子。

原来竟是生过的，原来竟是这样就没了。

她吃惊的是乔茵的痴缠。

"他很可爱。"——才两天，能看出什么可爱？

"他很乖巧。"——当然乖巧，不是说一出生就是昏迷的吗？

"他嘴巴像我。"——万紫看了一眼乔茵，乔茵鼻子嘴巴长得像陈先旺。

"我把他埋在树下面，心里难过了很长时间。"——真的吗，这孩子。

"为什么他们没有给他一个名字？"乔茵说到这里，突然大哭起来："那个死掉的宝宝，没有名字，我每次去看他的时候，都只能抱着树，小声叫他宝宝。"

万紫伸出右手，摸了摸女儿的腿。

从小到大，她并没有真正离开过母亲，虽然偶尔也会孤独，但她对亲情的需要，就像是悱恻的俳句，而乔茵的哽噎，则是一部跌宕起伏的史诗。

她猜到女儿下一句要说点什么了，果真，乔茵说："我以后要叫他邵飞，我要把树下面埋着的那个弟弟，叫做邵飞。"

第十五章
寻　找

张阿标已经三天没有儿子的消息了。

他像热锅上的蚂蚁，在房间里转个不停。

天气已经热了，但这个高原古城，傍晚还是颇有凉意。张阿标七点开始，就仿佛那些做独门气功的武师，屏住了呼吸，眼睛也紧紧闭住。他坐在昏暗的房间里，电视不开，一点声音也没有地，等儿子的消息。

自从张单去北京后，每天晚上都会给他发条短信，为了这个联系，他们特意去买了两个手机，两个四百多块，搞活动，还送话费。张单教张阿标怎么用，张阿标坚持只学一个功能，就是接收短信。

不打电话，不接电话，红色绿色的按键，他搞不清楚，通讯录也毫无用处，他并不需要再跟谁联系，只要儿子能有消息回来，不就可以了吗？

儿子是坐飞机去的北京，这是一件让父子俩都有点吓破了胆的事儿。机票是张单的妈妈在美国直接定的，张单只需要去机场报个名字就可以了。张阿标家里离机场住得并不远，他们平时总能听见飞机来来往往嘈杂轰鸣起落声，但从没有想过这个大东西，会和自己有什么关系。

张单看得出爸在紧张，一有飞机的声音，他就忍不住会抽抽肩膀。他把双手放在爸的肩头，大声说："没关系的，我一到北京，就给你发短信。"

他现在已经比张阿标还要高了，爸爸担心不安的表情，让他更觉得有责任安抚他。他让爸拿出手机来，当着他的面再演示一遍怎么接收短信。张阿标将手机从口袋里掏出来，他很小心地做给张单看。张单说："好了，那我走了。"

可是张阿标还是愣愣地看着他，嘴张了好几下，说不出话来。张单顿时明白了爸要说的那句话，他说："我每天晚上七点到八点，一定给你短信。"

爸点点头，这才算敲定了。

爸就是这样一个人，张单坐在飞机上想，嘴边带上笑意。他才不要像别家的老爸一样，嘴巴总是跑在脑子的前面呢，见到儿子，想也不想，苛责的话先冒出一长串来。

张单在北京，一切都很顺利。母亲的朋友在机场接到他，直接送他去了学校。学费住宿费全都交了，像他这样的外地学生，还有很多，学校有宿舍，六人一室，还有洗澡间。他给父亲掐着时间发短信过去，想象爸会将手机拿到眼前一个字一个字地看，然后什么也不说。

时间很快，一晃大半个月过去了。每天读书，做题，大量背单词，倒也有趣。只是张单基础差，不过他心态极好，没有一点急躁的表情。"是不想出去吗？"有同学会这么问他。张单笑笑，说："怎么会不想？"

他比其他人，还要多一层想。他是要去见妈妈的，这可不是小事情。可是急有什么用咧？那么多年，不都等过来了吗？

这是一段张单觉得特别幸福的日子，同学都不知道他的过去，他可以非常大胆而直率地说出"妈妈"这两个字来。

"我妈妈叫我去美国。"他说，"她在那边等我。"

他不告诉别人妈妈已经有了新的家庭。

"她只是去那边工作，以后要回家的。"

"她非常想我，不愿意和我分开。"

谎话脱口而出，说得轻松自然，最主要的是，他觉得幸福。

突然就有人说："那个遥遥小姐，是看上你了吧？干吗总跟你起腻？"

阳光，帅气，总是像哥哥一样的张单，是女孩子心目中的宠儿。在昆明的学校，就有女孩子拿他比做《士兵突击》里的班长。张单笑笑，那又怎样，在北京他不过待一个月的时间，遥遥只是喜欢跟他在一起吧。

他也喜欢遥遥，遥遥活泼，自在，还很可爱。而且遥遥是北京本地人，跟她一起出去，总能了解到新的东西。

下午上完课，遥遥就会回家。但有时，也会留下来上晚自习。她坐在张单的旁边，让他伸出手指来，仔细又认真地替他看掌纹。"你肯定会很幸福的，"她看完了，对着他的掌心吹一口气："你有大好前途。"

张单有时候能在她的眼睛里发现一丝阴影，这样的阴影，是他自己非常熟知的东西。这让他的心不由会咯噔一跳，仿佛被什么东西击中了一样，突然一痛。遥遥也不容易呢，他悄悄对自己说，小小的女孩，也有什么不快乐的事情。

他从不会主动去问。他知道心里有伤的人，都不愿意被人追问。但是遥遥下了晚自习,他大不咧咧地抓起书包,对她说,走吧,我陪你出去,天晚了我饿了,想买点东西吃呢。

他会送遥遥去车站,有时看着她上了公交,有时见她上了出租。学校晚上管理得很严,因为外地学生太多。张单送完遥遥回来,大门已经关了,宿舍也就要查铺了,他得飞快地跑到不引人注意的侧墙处,爬上树,然后翻进墙去。

张单的生活老师,以前不是没有见过夜不归宿的学生。毕竟都是十几岁的大孩子了,突然离开家,都会有那么一些渴望自由的心。学校需要加强管理,没错。可是他们不也都有家长吗,都有即时联系工具,如果他们一切正常,只是不回宿舍,可是家长没有着急,打来电话问行踪,就证明孩子也没有什么大问题。

三天后,张单的家长依然没有打来电话,可是,孩子还是没来上课。

班主任老师终于从学生报名册上找到了张单父亲的电话,拨过去,响了无数下,却一直没有人接。这让他们突然有了一种不好的预感,赶紧翻找给张单交钱的户头,发现对方在美国,留有电话号码。

也不管时差了,拨过去吧。

第二天,张单的母亲就飞到了北京。她离家之前,给张单家隔壁报刊亭拨了电话,希望他们叫一下阿标。可阿标不在家,出去干工了。于是她一方面留言,让他尽快赶到北京来,到以后拨她的电话。一方面告诉邻居,她会接着打电话过来。

张单的母亲姓陶,到了北京,学校里的人就一口一个陶小姐。她看起来实在是年轻,哪里像一个有那么大孩子的母亲。她急切地见人就问,去宿舍,去教室,她不相信老师说的,张单可能是出去玩了,也不相信同学安慰她的话,也许他很快就会回来之类。

一个人,没有特别的理由,是不会离开正常轨道的。

她觉得这是上天给她的一个惩罚,当一切近在咫尺时,儿子却出了事。

她今年38岁了,已经爱上了在美国的生活。和故乡人们对她生活的描述并不相同，她并不是在上海勾搭上了什么老外，才出的国。

之所以去上海，是她发现自己嫁错了人。张阿标是个好人，年轻时的她，将他的少语木讷当做了一种害羞、内向、含蓄的优良品德。

婚后她发现，她没法接受藏得如此之深的爱。

她不是不可以离婚，可是跟这样一个有性格缺陷的人离婚，而且两人都在同一个企业，她这样主动离开他，压力实在太大。她的父母，都在乡下，孩子不适合放去那里。将孩子扔给张阿标，至少，他的爷爷奶奶，会帮到他。

上世纪代初期，上海的浦东，正在热火朝天的建设当中。有很多的工作机会，她白天黑夜地工作，拿着比在昆明多很多的钱，可是她视野也开阔了，听到见到了更好的生活。这些让她心里不安起来，她幻想自己也能有更好的未来。

两年后，她和几个江苏人一起偷渡去了美国。

在北卡罗来纳，和很多偷渡的墨西哥妇女一起，为别人家做清洁工作。她帮当地人带孩子，看到他们的孩子，总让她想自己的儿子。一年一年，她在商店、街头、学校门口、黄昏时分街区孩子的嬉戏声中，在不同年龄、不同肤色、不同相貌的孩子身上，寻找着张单的个头、性格、雀跃的身影。

"我的儿子也这么大了"，她忍不住总是会这样想。

一张孩子两周岁的黑白照片，无论她走到哪里，都贴身装着。相片上的张单皱着眉头，胆怯，不耐烦，没有一点笑意。渐渐地，陶小姐觉得，自己看到了孩子的性格，他敏感，多情，细致，很有坚持性。

她将孩子的性格和自己的艰辛联系到了一起。她是在为他而努力着，有了他，她的奋斗，才更有了意义。

那时她也知道了，张阿标是个有交往障碍疾病的人。

她总是担心，孩子是否会受到影响？

第五年，她遇到了尼克，现在的丈夫，俄罗斯裔的美国人。他开家修理房屋水电的小公司，他们结婚，生子，一起去纽约，过上了平凡美国人的生活。

她一直没敢告诉尼克，自己在中国还有个儿子的事，她怕他嫌弃她。可是有一年，圣诞节在尼克的姐姐家，见到他姐姐的儿子跑进跑出后，她再也忍不住了，这个和张单同岁的小伙子，勾起了她无尽的眼泪。尼克知道后，说："你为什么不见他？他是你的儿子，无论怎样，你都要去见他。"

　　"接他来和我们一起，也可以吗？"

　　"当然。"尼克说。

　　遥遥来了，遥遥是最后见到张单的同学。她怯生生地走过来，叫了一声阿姨。陶小姐泪流满面，一面控制着自己拿纸巾擦眼泪。"他跟你分手的时候，说什么没有？"

　　遥遥说："就说再见。"

　　"他是特意去送你？"

　　"我觉得是。可是他说他要买吃的。但学校这么偏，根本没有吃的可卖。我知道，他只是想送我而已。"

　　"平时他从哪里回学校？"

　　"翻墙。"

　　那地方，经过三天的人来人往，已经看不出什么痕迹了。

　　陶小姐决定报警。可是学校说，能不能再等等？也许孩子会主动回来。他们不想让这事传出去，影响到学校的声誉。

　　陶小姐瞪大了眼睛："学生的生命重要，还是你学校的声誉重要？"

　　校长很不满："陶小姐，这是在中国，你必须考虑方方面面。"

　　陶小姐扬起了脖子："校长你说这话要小心，我可是随时录了音的。你这么没有人性，就不怕我将你曝光，名声扫地？"

　　啊，上帝，风水轮流转，想当年她也曾被尼克说过没有人性。

　　接下来的两个小时，陶小姐不仅报了警，还叫来了电视台的记者，同时在一些大的网络论坛上发布了寻人启事。

　　一两个小时后，校长的话豁然在各大网站的标题上出现。"XX出国培训学校扣押外地学生离奇失踪消息长达三天"。

苟二哥看到这个消息时，正是下午下班前。张单清晰而熟悉的面孔，突然占满了整个屏幕。他不敢相信地揉揉眼睛，跑进卫生间撒了泡尿。

他告诉他的同事："这孩子是我的邻居，他去北京，是他妈出的钱。他妈给他的邮件，我还帮着翻译过呢。"

就有人凑过来看，说："真的假的？这小子，该不是卷了钱，跑去玩了吧？"

"不会的。"苟二哥连连摇头。他心里也慌乱了，因为他知道这一家人的情况。阿标叔该怎么办？他可能还不知道这个消息吧？

苟二哥心里惦记着张单，一下了班，来不及在巷口买卷饼吃，先跑去张阿标家敲门。

张阿标正在等张单的短信，整个人像呆滞一样，半天才反应过来，张着嘴说："请进。"苟二哥刚说出张单两个字，他就把手里的手机送到了他的面前。苟二哥大致猜出他的意思："张单没有再来短信？"

张阿标点点头。隔壁报刊亭的阿婆，看到有明白人来了，也凑过来，跟苟二哥说："他老婆打来电话，叫他去北京。还留了这个电话。"

苟二哥用张阿标的手机给张单拨电话，没有通，三天了，不是丢了，也估计没有电了。

他问张阿标："你要去北京吗？"

张阿标点了点头。脖子、眼珠都僵硬得无法转动，苟二哥知道，他这是在害怕、在恐惧呢！

梨树沟的一些村民，这几年因有户外运动的爱好者会来爬附近的黑坨山，而做起了旅游生意。卖茶叶，卖纪念品，卖水，卖一次性相机，卖雨衣，卖电池，卖饼干……简陋的铺子，就搭在村口，过来过去的人，总会看见不是。

黑坨山山顶，能看见唐长城和明长城的遗迹。夏天，还有淙淙的瀑布和流泉。村民郑子端对登山并没有太大的兴趣，对开小卖铺也看不上眼。他有个大计划，他最近一直在琢磨，将南路上的一块山地平出来，种果树。

虽然是黑坨山景区的一部分，早被划分进了景区管理部，但它远离人们常走的路线，无论从哪个方向看，都不容易看到这块地方。它掩映在树木、崖石背后，无论登山客，还是村民，都不容易看到。

郑子端一步一摇地，向那块地走去。他年纪不算大，三十出头，村子里同龄的男人，很少还有守在家门口做农活的了，北京这么近，随便找点活路，都比种地要强。郑子端早年当过兵，是在郑州，还是炊事兵哪，可他觉得他对城市一点兴趣也没有，哪里都不如老家的这座山好。

他不开小旅馆，不开小饭铺，不开小商店，不开小巴士，老婆孩子为这事，没少跟他吵过。现在谁还花那心思种果树？平那些个石块，买树苗、化肥，引水，就要花多少钱？你到村口的农家乐做个厨子，轻轻松松，不比这舒服？

郑子端说，就是不想见人，哐唧哐唧吵得慌，哪有看着树苗一点点长高，三年五年后，结出果子，来得舒服？

这天一大早，他肩上扛着铁锹，手里拎着个锄头，出了家门。他的腰上，绑着一个编织袋，石块整理出来，会装在袋子里，扛到一边去。空气很好，鸟鸣时隐时现，只有在大山里生活惯了的人，才能捕捉到它们持续的吟唱。

微微雾气中，湿润的露水，侵上了他的鞋面。突地，他听到不远处有石块梭动的声音，在四处无人的寂静的清晨，这声音，不由让人一悸。是动物吗？他凝神站住，朝声音的方向看去，一个踉跄的人影，猛然出现在了他的眼前。

是个黑瘦的少年，光着脚，他一定走了不少的山路，也许期间还迷过路。他的眼神涣散，神情疲惫，手腕处伤痕累累，脸上污脏一片，不知是饿的，还是累的，一见到郑子端，使出浑身力气，叫了声"叔叔，救命"，就栽倒在了地上。

陶小姐第一眼见到张阿标，几乎完全没有认出他来。当然和他这一路的担惊受怕也有关系，他仿佛不是来自机场，而是从不知名的外太空来的。两眼一片茫然，两腿走不了直线，脸色苍白，头发蓬乱，手紧紧揪着衣服的领口，却说不出一句话来。

事实上，他的确来得并不容易。下了飞机，他就陷入了茫然之中，他不知道怎么组织好一个完整的句子，去问路　只能拿出苟二哥之前写给他的学校地址，送到别人的面前。

大部分人都不理睬他，大家匆匆忙忙地去取行李。一个妇女起了恻隐之心，她拿着纸条，问他："你是要去这里是吗？"

张阿标点点头。女人说："你先出门，找机场大巴，坐一线，让他们带你到亮马桥，然后你再转公交。"

张阿标于是走出门，他脑子里过滤后的女人的声音里，只剩下了似曾相识的"公交"二字。

大巴车从他眼前一辆一辆开过，他站得死死的，坚信只要耐心等待，总会等来一辆公交。三个小时后，终于一个做地勤的工作人员看不下去了，或是起了疑心，这个男人到底在干什么？

他问过去。张阿标重新将纸条拿给他看。男人问他："您是要去这里还是等人接？"

张阿标半天回答一个字："去。"

男人帮他上了车，再对售票员和司机交代，让他终点站下车，再换乘公交。

张阿标坐上了车，这回将公交二字又忘记了。他早已习惯了比别人都要慢，也早已在多年的生活中找到了自己的节奏。所以，虽然心里惦记着儿子，可是在这些等待的过程中，心里汹涌澎湃，脸上的表情却依然很镇定。他眼睛死死地盯着前方，仿佛只要汽车停下来，儿子就会站在他的面前。

可是他没有想到，下车时，售票员伸出胳膊，给他指向另一个方向。"您到那边去坐公交，就能到学校了。"

张阿标想："难道这不是公交吗？"

可是他来不及问出口，车已经转个弯，开走了。

他重新又陷入了茫茫人海，这陌生的茫茫之地，对他来说，无疑是生死考验。他酝酿、坚持、死咬了很久的节奏，眼看就要乱了。他开始恐惧起来，眼前发黑，头脑发晕，胳膊发麻，仿佛身体里的每一个器官就要像个硬核桃似的，死死闭合了。他盼望着尽快陷入一种无知无觉的状态，听不见人声，车声，看不见眼前来往的这些让他无法面对的人和道路。

可是儿子，却像一根硬要扎进核桃里的针，他在用力钻着，要进入到他的脑子，开出一道线来。"爸，救我。"

他分明听到儿子的声音，通过这条线，细细地传了进来。他想起儿子十岁那年，离家出走的日日夜夜，想起自己一路去保山，寻找儿子的那个过程。他相信自己一定能找到张单，只是他需要慢一点，慢一点，再慢一点。

这时天色已晚，几个小时的不吃不喝，让张阿标感觉身体虚弱了起来。口腹的需要，似乎缓解了他心理的紧张。他在这份虚弱中，感觉重新找到了勇气。

他拿着纸条，开始到处问人。

两个小时后，终于有人将他送到了车站，并让他上了车，交代了售票员。

张阿标年轻时脸上所有的那种安详、开阔的表情，没有了。当然，他也老了。岁月的沧桑，和生活的艰难，全都显现在了他的身上。这，是陶小姐很明白的。一个在重重压力中生活的人，举手投足，是不会从容安定的。她叫了他一声："阿标。"

张阿标延续着他一贯漠然的表情，他看看她，几秒钟后，咧嘴笑了笑，算是打了招呼。他不知道接下来该怎么办。学校的工作人员，对趾高气扬的陶小姐一肚子的气，现在听说这个手足无措、看起来生活在底层的男人是孩子的父亲时，他们竟都有点出了口恶气的感觉。所有的热情，都转向了张阿标。

"孩子找到了，"他们告诉他这个喜讯，因为他们看到了一个在着急中身心俱碎的父亲。他们想抢在陶小姐之前，告诉他这个消息，同时也是一种摆功讨好。"他被人绑架并扔到了山里，他自己走了出来，当地一个农民救了他。"

这么多的信息，根本无法让张阿标很好地消化，他一时半会儿并不能很快听明白对方在说些什么。但有一点，他记住了，儿子还活着。

张阿标张了好几下嘴，说了一个字："好。"

"为什么不给我打电话？我不是给你留了号码吗？"

陶小姐问张阿标。她已将他带到了学校的招待所，并且给他泡了包方便面。

张阿标笑笑，来不及说话。他放下了手里的一个塑料袋——他就提着这个塑料袋上的飞机，里面装着张单的一件外套。他怕他会冷。

陶小姐说："你一个人来的？"

张阿标点点头。她知道从他那里什么也问不出来，便主动伸出手去掏他的口袋，机票还在。看时间，他早上十点多就到了北京。找到学校，竟然差不多用了九个小时！

路上都经历了一些什么事情？她简直不敢问他。

去美国后的第三年，陶小姐帮带孩子的人家，有这样一个病人，是孩子的舅舅，一个二十多岁的年轻人。他很少说话，待人客气，有礼，特别聪明，尤其特别会做一些电子产品的小发明。可是他的姐姐，从她第一天上门去，就对她说，弟弟有问题，需要人照顾。

陶小姐对此完全无法理解，他有什么问题呢，他有工作，有朋友，还会发明小创造，只是话很少，有时候跟他聊天时，反应会有点慢。可是姐姐说，他离不开人的照顾，要小心，一定要小心。

两个月后的某一天，在家里的她，突然接到一个陌生人的电话，说希望家人去警察局领回吉姆。她也慌了，赶紧给孩子的母亲打电话，等晚上家人回来，她才知道，吉姆平时上班的道路遇到改修，要重新走一条新路，他不知道该怎么办了，突然发病，出现了失控状况，不再认人，不会说话，不知道下一步自己该怎么办，他站在了马路中间，甚至没有意识到车来车往有多么的危险。

为什么会这样？

姐姐说，这其实是一种人格障碍症，他不会处理脱离日常情景的突发情况。

所以，才需要人时时照顾。

这让陶小姐想起了张阿标，她越来越意识到，张阿标其实也是有类似的病症的。他所有的日常起居，都得非常有规律，一旦打破，他就会出现手足无措。结婚那两三年里，一旦她将日常琐事的规律打破，他就会苦不堪言，目瞪口呆。

那时她总是在为他的呆板单调机械而不满，常常会有陷入桎梏的痛苦。

这和以前人们想象中的内向，不善言辞，并不一样。正常人很简单的一句问候，对张阿标这样的人来说，都难上青天。

突发情况下，这种病人还会因为无法处理，突然陷入自我封闭，不吃不喝，记忆丧失，语言丧失。

而他，这么些年，是怎样带着张单，一点一点走过来的？下岗、寻工、送走老人的所有过程，并不亚于翻过一座又一座大山吧。

还有今天，他是克服了怎样的艰难险阻，才找到这里的？他不是不知道走出家门，将意味着什么，可是他还是义无反顾地来了。

想到这些，不由让陶小姐充满了感动和敬意。

这么多年，张阿标一直一个人带着儿子。而身边并没有了解他病情并能好好照顾他的另外一个人。

她说不出话来，越发知道自己当年的结婚、离婚，有着怎样的唐突、无奈，又留下了怎样的遗憾和矛盾。

遥遥心想，自己是命不好，还是世事太难测？为什么短短三个月，她身边就会发生这么奇怪的两件事？

男友被人突然杀了，案情到现在还没有说法。刚跟另一个男生走得近了点，他又被人绑架失踪了。这些会不会其实是针对她来的？

警察也注意到了这两起蹊跷的案件，他们眼前一亮，好像发现了什么宝贝。

遥遥觉得不能再忽视自己内心奇怪的感觉了。她想，她得说点什么，刘塞林来北京后的第二天，真的回深圳了吗？

还有，邵飞的追思会上，乔茵和溜达看她的眼神，可一点也不友好。

第十六章
赎　罪

几年前，万紫和公司的几个员工，一起去酒吧过新年，喝着酒，大家玩起真心话大冒险的游戏。大部分人都在开玩笑，A说看见B和C怎样啦，C说其实喜欢A啦，等等等等。有一个男的，是所有人眼中的幸运儿，他自己也承认，生活一直很顺利，也令他特别满意。是不是因为这个，他才什么玩笑也开不出来呢？大家起哄，说那就讲点你不顺心的事好了，我们喜欢听见你这样的人，有点不开心。

他就说，那就讲讲我曾自杀的事吧。

谁信呢？他这样一个人，也会自杀？

开玩笑吧，你会有什么不开心的？

于是他就讲了起来。

他说：我这个人，和你们看到的一样，真的是事事顺利。小学、中学、大学、出国、回国、结婚、生子、赚高薪，一切都没怎么费事。我活得高兴，而且很幸运，关于这点，我自己是一直知道的。父母都健在，兄弟姐妹也都混出了头，身边的朋友都过得不错，有一定的社会地位。直到去年，我三十六岁，都一直没有受到过什么伤害，也没有被什么潜在的力量打倒——你们要知道，如果一个人倒霉了，或是形势发生了改变，那种一直向上的力量就会被削弱，甚至搞不好会毁了一个人。

可是那一天，我知道，我顺顺溜溜的日子该结束了。是儿子，他在幼儿园，跟小朋友玩耍时，被推倒了，头碰在了黑板支架的铁腿上，开始还没有什么，可是他妈妈去接他的时候，他对他妈妈说，很想睡觉。

幼儿园老师没有告诉我们那天儿子发生了什么，我们带他回家，就让他睡了。结果他一直在睡，睡到第二天中午，还不醒来。我们这才意识到出了问题，连忙抱去医院看，医生说脑震荡。

我去找到幼儿园，老师在小朋友们的启发下，才说了这事。除了等待，我们还能怎么样呢？于是我和老婆每天都守在医院里。医生说，会好的，孩子会醒来的，但有时也说，什么也都有可能发生。

孩子出事那天正是他的生日，我们还特意订了大蛋糕。孩子进医院两天后，我想到了自杀，我觉得这一切都是上帝安排好的，生日，出事，然后离开我们。那么我以后剩下的日子，就全都是接受惩罚了。

跟孩子他妈换班的时候，我回到了家里。我家在高楼，跳下去很方便。于是我换了一身衣服，站在了窗边。这个场景，从我开始谋划此事，到站在那一刻起，我就一直在想，我想我一定会感到特别害怕吧，一定会特别特别恐惧。

可是并不是想象中那样，我没有害怕，真的，不是害怕。脑子里装的满满的，并不是恐惧，而是我的儿子。

以致半个脚都跨出去了，我心里最想的，还是我的儿子。

突然我就明白了，我和这个世界能产生联系的，并不是我这些年的顺境、努力、见过的世面、去过的国家、做过的工作、拿到的高薪，而是我的亲人。

只有他，才是证明我跟这个世界的唯一联系。

那么对我儿子来说，也是一样啊。他要靠着我这个父亲，才能确认他生活的世界。我怎么能去死呢？

于是再等了两天，儿子脑子里的淤血散了，他果真也就苏醒了。

然后呢？大家问。

然后就没事了。男人说，从那以后，我看人看事的眼光就有些变了，我不太在意别人怎么看我了，做任何事之前，我更愿意想想对亲人怎么才能更好。

他笑了笑：这就是我的真心话，也是大冒险。

原来是这样一个"真心话大冒险"啊。大家都笑起来，和其他听到这话的人一样，万紫也没有将他的感受更多地放在心里。

可生命就是这样，总有那么一个瞬间，细究起来，饱含深意。当这个夏日闷热的下午，乔茵突然声音慌乱地打电话给她，问她能不能早点回家时，万紫在她的声调里听出乔茵对她的期待。

她告诉她，自己做了很糟糕的一件坏事，万紫脑子里突然浮现出的，正是几年前那个男同事的话："亲人才是我们和世界的唯一联系。"

走投无路之际，乔茵第一个想到的是她，这让她既欢喜，又担忧。但也让她暗暗吃惊，乔茵做了如此可怕的一件事后，表面上竟会如此平静。

事情是三天前发生的，这三天里，她并没有表现出任何的不安、不妥和不适，万紫看到她做的事计有：煲电话粥、买零食、写歌词、看电视、背外语课文。

中间曾主动要求帮她做过一次饭，周末时，还跟她一起去看过一次外婆。

"外婆老了很多。"乔茵对万紫说，口气很平，看不出有什么怜恤，或是感慨。

可是她提前下班回到家里，见到乔茵的这一刻，她这么多天，甚至这两年在万紫面前所表现的游刃有余、理直气壮，全都没了。

她一把抓住了万紫的手，声音颤抖着，两手哆嗦着，脸上的两行泪水夺眶而出。她说："妈，救救我，帮帮我，我没有想到事情会这么严重。"

她不等万紫开口，就将万紫带到了电脑前。万紫看到的是个寻人启事一样的帖子，上面有个男孩子的相片，她看了又看，觉得很是面熟。

"怎么了？"

她来不及看字，她终于想起来了，这个孩子她见过，在邵飞的追思会上，他站在遥遥的身边。

乔茵说："是我干的。我只是想教训教训他，没有想到要害他的命。"

乔茵话音未落，万紫的脑袋已经开始发晕了。她一目十行地看了旁边的文字，终于大概知道了情况。她一屁股坐在了椅子上，不知道该怎么对乔茵说下一句话。她心如撞鹿，跳个不停。汗水从额头上一层层地流下来。

"你还记得地方吗？"她问乔茵，"我们得找到这孩子。"

乔茵摇摇头，又很快点点头："我应该知道的。"

"你和谁做的这事？"万紫知道乔茵一个人做不了。

"溜达，还有他的表哥。他表哥开的车，我们就是看不惯那小子，觉得应该教训一下他。真没想过要害死他。那地方，离人住的地方不算远，可谁知道三天他竟都没露面。我刚跟溜达打过电话了，他说别是被野兽吃了。"

乔茵吓得直哆嗦，小脸煞白，她平时的霸道样，完全没有了。

万紫站起来："走，我们赶紧去那地方，我、我、我、我们去看一看情况。"

"要……自首吗？"乔茵怯生生地问。

万紫不知道该怎么回答，此刻，她抱着满满的侥幸心理，心想只要她和女儿去了黑坨山，就能找到那个孩子，然后，即便乔茵再去自首，问题也不会太严重。可是如果，现在就去派出所，会不会立刻被关押呢？

她不敢想这个问题，稍微想深入一点的勇气都没有。她抓起汽车钥匙，就跟乔茵走到了下面。可是发动汽车后，她才发现自己手抖得厉害，嗓子眼也干得咽不下唾沫。"乔茵，"她说："我开不了车了，我得叫常晓过来。"

乔茵这个时候只有听话的份。她缩在后座上，身体仿佛都小了很多。常晓很快来了，但不听万紫说明情况，坚决不肯开车。万紫跳下车，将他拉得远了一点。隔着玻璃，乔茵能看见万紫的语速很快，她做着手势，掩饰不住的焦虑和紧张。常晓站远了一点，又站远了一点，他把胳膊举起来，抱在胸前，他开始摇头了。伸出胳膊指着车子里面。

乔茵想，她知道常晓在说些什么。他不想蹚这浑水，怕有嘴说不清楚。他坚持要万紫带乔茵去公安局、派出所，不，这车他才不要开呢。

乔茵掏出手机，给溜达打电话。溜达不知道怎么的，却不像她这么紧张。仿佛已经知道该怎么招供了："报告领导，我不是主犯！"

他正在跟人打保龄球，对乔茵说的要去找人，嗤之以鼻。"要死早死了，要活着你也找不着。别瞎费工夫了，出来跟我们玩吧。"

乔茵哭了："他妈的叫你表哥赶紧开车过来接我！"

溜达从没有见乔茵哭过，乔茵是个女超人，是个铁娘儿们，她怎么会哭呢？她谁都不鸟，碰到什么事都能搞定。甚至邵飞倒在地上，浑身是血，她都敢耳朵贴上去听心跳。他们乐队联系演出、找排练的地方、录音租用场地、跟人谈钱、去找人买歌，全都是她一人去跑。溜达喜欢乔茵，崇拜乔茵，可是自己也特有自知之明，他搞不定这个妞，他永远只能听她的命令。只要乔茵在，以后的日子就没啥可愁的，她指明方向，他溜达跟着走就行了。

溜达真没想到，乔茵还会哭。她一边哭，还一边骂他。溜达吃惊极了，他再也不敢玩了，掠掠头发，想了想那天晚上他们干的事情，嘿，没准还真有点危险！

他给表哥打电话："喂，你看见网上那事了吗？"

表哥正跟女朋友在一起腻歪，对溜达这没头没脑的话不想多理睬："看见了看见了，完了再说。"

溜达就给乔茵回话："我表哥说完了再说。他心里有数呢。你……哭了？要我过来吗？"

"滚。"

乔茵擦干眼泪，万紫已经回到车上。她黑着个脸，什么话也不说，发动了车。常晓走了，迈着小短腿，速度还挺快。

万紫说："走，我们自己去。只是到了那里，天可黑透了，你怕不怕？"

乔茵已经想不起来，那天他们是怎么开到那么远的地方去的。她摇摇头，心里也开始琢磨，这样去看，真能找到人吗？

可是她没有勇气对万紫说："妈，我自首去。"

她太害怕了。

母女俩没开出去多远，就被一辆警车给拦住了。万紫捶了一把方向盘，骂道："叛徒。"

果真，是常晓报的警。他把什么都对警察说了。

"你很生气吧？"乔茵问万紫。

那天晚上，乔茵和万紫被关在了拘留室里。万紫两手合十，紧紧握在一起，她紧张得要命，脑子里一直在想，该找找什么人。

乔茵的问题，一时让她没有反应过来。看到乔茵怯生生的眼睛时，她才意识到她还是一个孩子，仿佛多年以前，那个总是缠在她左右的小姑娘，在她独身一人在北京时，总是在睡梦中叫醒她的小姑娘，又来到了她的身边。

她坐到了她的旁边，伸出胳膊，将乔茵的肩膀搂住。她说："不，我不生气，只是有点着急，我很替那孩子担心，希望他没有事才好。"

乔茵不说话，把头靠在万紫的肩头。

万紫自从去参加过几次单亲母亲的交流活动后，渐渐在心里开始酝酿一个想法。她一直在等待合适的机会，告诉乔茵。期间她曾带乔茵去参加过一次活动，可是乔茵非常不快，她觉得受到了冒犯，心里充满了抗拒。她不愿意给自己贴上单亲子女这样的标签。

"为什么要强调这一点？"她问万紫："你只是需要在同病相怜的人当中汲取力量吗？"

万紫说："这不是同病相怜，只是接受事实。你不愿意面对这个问题，是不是有点逃避呢？"

乔茵这个年龄这个性格，最听不得的，就是逃避。"我逃避什么了？我从来就不逃避。问题是你们大人造成的，我一直在承受，我哪里逃避了？"

她振振有词，让万紫很是为难。

但是有一点，是她与那些母亲的交流中学来的，她一直记得住，那就是要尽可能少地对孩子提自己对她的要求，尤其不要指责她，而是多多让孩子提出她的想法，做家长的，能给她提供无私的支持和帮助，是最重要的。于是，她会对乔茵说，你说你的想法，我们来想办法。

可是乔茵有什么好说的？

说了也是白说！

万紫现在没有什么钱，她既不能帮她将唱片尽快录制完，也不能要求万紫送她去上影视学校。

万紫本来以为，这会是一个注定沉默的暑假，却没有想到，竟有如此惊天动地的事情发生。

拘留室里还有三个女人，一个半老太太，两个年轻女子，一看就是风尘中人。警察坐在栏杆外面的一个小房间里，两脚跷在桌子上，在看电视。半老太太很瘦，像是流浪了很久的样子，靠着墙，缩在角落里。大家谁也不说话。万紫能想象乔茵的内心会有多么恐惧，仿佛做梦一样，她们怎么就到了这样一个地方。

她决定对乔茵讲讲她的故事，这段往事，她一直没有机会对她讲。也许在这样的时候，在这样冷酷坚硬高压的环境下，说说这段故事，才能让她们产生一些牢实可靠的想法。

她从哪里讲起呢？

还是从五岁那年发烧、母亲带她去内江医院讲起吧。

她还清楚地记得，妈妈抱着她，走在内江的街头，她生平第一次，感同身受地体察到一个女人的心酸，母亲朝上举起的胳膊，千钧鏊重，重达万吨，它们是母亲意志的体现，可也怀抱着满满的人间苦难。她不敢看母亲的眼睛，小小的身躯，从没有过的不自在。她想如果自己能变成一个收缩起来的球就好了，可以被母亲装在口袋里。她那么大，那么不合时宜，那么容易受人白眼。坐上公交车后，全车的人都像看怪物一样看着她和母亲。为什么要横着抱一个孩子呢？多么的奇怪啊。她吓得想哭，觉察到和他人不同时的尴尬。

等回到资中，父母离婚，她和母亲一起住到了舅舅家里。寄人篱下，在学这个成语之前，她就无师自通地明白了这个词的含义。她会毫无差错地运用在她们娘俩身上，造出不同的句子来：因为寄人篱下，所以晚上不能开灯；因为寄人篱下，所以吃饭不要出声；因为寄人篱下，所以不要大喊大叫；因为寄人篱下，所以更要好好读书。

同时，她对孤儿寡母、天伦之乐等等这样的词，也非常的敏感。她的眼睛会躲开它们，耳朵会假装没有听见，偶尔，她听见其他小朋友讲起周末和父母一起去做什么，她的心会突然哐当一下，好像什么东西，在里面被打碎了似的。

后来，她和母亲去了成都，她也渐渐长大了。那是一段娘俩都感觉特别好的日子，她们勇敢，坚强，对未来充满了希望。而未来，似乎也对她们展开了笑容，她们相依为命，相互鼓励。当母亲特别累的时候，万紫会对她说："妈妈，等我上班了，一定好好照顾你。"

快乐的日子，总是短暂的。这是人生的规律，即便千辛万苦得来的快乐，也不肯长久。

这次，是她，把一切都搞砸了。

她没有珍惜母女间的深情，可是另一方面，也是当她成年之后，才开始意识到的。当初的错误，责任不应该全在她，是母亲暴躁、不够平和、斤斤计较的性格，造成了她的反叛。

生下乔茵后，她就开始后悔自己的选择，本质上，她是那种不会轻易放弃自己梦想的人，越得不到，可能越想得到。不如意的现实，没有打消她的想法，反而激发起了她的斗志。这不是我要的生活，她对自己说，也不是母亲希望她过的生活。

真是奇怪，在母亲和她断绝关系后，她却开始想为母亲争光了。

"所以你看，"万紫对乔茵说，"我也曾搞砸过。而我要你知道，无论你做了什么，我都会陪着你渡过难关。"

乔茵想，原来这么多年，自己一直能感觉到的那些东西并没有错：母亲和外婆关系不好，甚至有些敌对。父亲配不上母亲，他们的婚姻，有着阴差阳错的地方。

态度傲慢，语含讥讽，这是很多年里她在家人面前扮演的角色。不是因为她没大没小，不知天高地厚，而只因她在很小年纪，就在体会到了成人中种种不正常的情愫。索然寡淡，令人心生疑虑的父母，当着她的面，却做出一种胜券在握的表情，而这些，都是让乔茵所鄙视的。

但她怎么也不会想到，母亲当年做过比她更不靠谱的事情。而且，她怀上她的时候，比今天的她，也大不了几岁。她用一种全新的眼光看着万紫，仿佛突然发现了另一个人。她的内心藏着很多她不了解的东西，可是另一方面，乔茵却因着这份不了解，突然觉得踏实了。

"外婆原谅你了吗？"

"原谅了，她能认出我的时候，是很关心我的。"

"这么说，你也能原谅我？"

"当然。"万紫揉了揉乔茵的头发。虽然她说给她听这段故事，并不是为了让乔茵明白她会原谅她。可是这一刻，乔茵更看重的，只是这个。

万紫说："你想过没有，你以后要做什么？"

"唱歌。"

"我是说除了唱歌？"

"我不知道不唱歌，我还可以做什么。"

"我的意思是，你希望妈妈为你做点什么不？等这件事过去后？"

万紫很希望女儿能替她说出这段时间，一直萦绕在她心里的事情，可是女儿，怎么也不明白。于是这母女俩，就好像在说绕口令。

"你希望我去上学？"

"是的，学肯定是要上的。除了上学呢？"

"我不知道。"乔茵不习惯跟母亲这样亲密地交流，这个晚上，对她来说，已经到了极限。她还能提什么要求呢，万紫到底希望她说出什么呢？

终于，还是万紫忍不住了。她主动说："你想不想让妈妈陪你一段时间，就我们两个人？"

"一段时间？"

不，乔茵不能确定，她是否需要母亲陪她。她们两个人整天待在一起，又能干点什么呢？她又不好玩，还会管着她，不，还是不要了。

她用她这个年龄的人特有的直截了当："你是想弥补曾经对我的缺憾吗？"

万紫想，是不是有赎罪的心理呢？应该说是有那么一些的吧？乔茵的今天，当然和她大有关系。这就是人们常说的因和果吧，你种下了苦涩，当然，只能收获苦涩。

她说："只是想让我们之间，能互相了解得多一点。我觉得你来北京这两年，我对你的关心太少了，我一直不愿意把自己的时间交付给你，可是却愿意将自己的时间，给工作，给同事，给薪水……这个世界就是这样，你付出了时间和精力，你才能得到你想要的。我眼睁睁看着你离我越来越远，让我觉得自己做错了很多。包括今天，你做出这样的事情，一大半的责任，都应该是在我的身上。我只有将时间和精力，都交付给你，才有可能真正地拥有我想要的母女之情，否则，一切都只是一个形式，对吗？"

接着，她告诉乔茵几年前她那个男同事的话。

万紫说："他的话，今天让我感触特别的深。这就像一个即将落入水里的人，当她即将溺毙的时候，她可能才会知道，唯一能让她忘不掉的，只有孩子。我打算辞去一段时间的工作，陪你度过这段时间。然后，我们可以把房子卖掉，把外婆接回家来，再以后，送你去影视学校，你去做你自己喜欢的事情吧。"

乔茵没有说话。

张单失踪的第四天下午，回到了学校。

那天乔茵和溜达，并没有将他扔得离公路太远，毕竟天黑路远，他们也很害怕。他在原地躺了一夜，听着黑夜荒凉的风声，和小兽突然蹿过的脚步声，吓得魂都要散了。第二天天没亮透，他就爬起来，找到了一棵树，把手上的绳子磨破，然后踉踉跄跄地去寻出路。

这一片山路，平时人就很少，天大早，公路更没有车过。在雾气中，张单完全失去了方向，他越走越远，远离了石窑镇，一直走到了梨树沟这一块。没有人烟，到处都全是荒树林子，好在有一些野果，帮他撑着。可能他一直只是在某一片地方打转，并没有找到真正的路，也可能他反反复复，已经走过了一些村庄，但在树林中，却没有发现。

一直走到了第三天，他体力几乎已经全要消耗殆尽，整个人已处在了昏乱之中，才迎面碰到了郑子端。

他见到陶小姐的第一句话，并不是叫妈妈，而是在她紧紧拥抱，几乎透不过气的间隙，问了一句："你是不是有过一条红色的连衣裙？"

第十七章
失　眠

深圳。

符拉拉最近有了一个新的生活感悟，她认为适当的时候，要去讲给女大学生们听一听。那就是："生个孩子做个母亲，对女人来说，表面上意义挺重大的，可其实屁也不是。"

她后悔死了，早知道结婚是离婚的下场，就不该结婚。早知道生个儿子，会带来这么多的烦恼，就不如不生。

刘塞林捅许东的那一刀，让她付出了近二十万的代价，而且许东还单方面地跟她解除了合同。他狮子大开口，还要她把车送给他。如果不是她找来公安局里的朋友，吓吓他，指不定他还会在她头上拉屎呢。

随后刘塞林跑掉，她想当然地以为，那小子是害怕了。他妈的，他也有害怕的时候，有本事你就死在外面别回来啊！

她知道刘塞林跑掉，钱是前夫给的。除了他，还会有谁管他？她终于找到了一个出气筒，能让她把这段时间的鸟气好好出出。

"你知道儿子为什么问你要钱吗？"她问前夫。

前夫说还不是你不给他。

"他杀了人，拿你那钱是去跑路。"符拉拉口气很激烈，她希望能让前夫大吃一惊，跳将起来。

可是前夫仿佛知道她在想什么，想看他失态，想给他头上泼脏水？门儿都没有。他才不要大吃一惊呢，儿子杀了人，骗鬼去吧。哪有杀了人还这么悄无声息的？

于是他冷笑了一声："他能杀谁呀，这世上还有谁那么招他恨的？"

前夫是知道儿子和符拉拉这两年连话都不说的，他的话里，就有那么一些调侃和讽刺。符拉拉说："他是捅了人家一刀，我用钱摆平了。"

"你这不是要我也出一半的钱吧？"

"不是。"前夫态度如此冷淡，让符拉拉很心凉，一方面也替儿子有些寒心，看看吧，他父亲对他都这样！"我只想问问，你知道他去哪里了吗？"

"不知道，他只是说要钱，并没有说要跑路。我以为他要买什么东西呢。"

符拉拉挂电话前，抢着骂了一句："有其父必有其子，他跟你一个德性！"

打发走了许东，符拉拉晚上没有地方去，只能回家。推开门，习惯性地看看书房，儿子不在那里，她突然会心里涌上说不出的感觉。十二点的灯光，时光凝滞间的岑寂，真想好好地号哭一场，可是哭谁呢？

符拉拉不是多情的女人，从来都不是。即便需要悱恻的时候，也多用在生意场上，太极拳般，推搡几番，她最多用用那种洗发水广告漂浮的声音，就可以了。她从来不会在有限的生命里瞥见无限，也不会在季节的交替中，瞥见永恒。她的人生信条，一是一，二是二，否则怎么会对儿子使出这样的杀手锏来？

可是为什么，她还是会涌上难以言说的苦涩，即便靠挤捏肉体的敏感部位，也无法消除不满？

每个人都有些主要的情绪，比方符拉拉的前夫，他的主要情绪是自怜，他总是觉得全世界都有点对不起他，欠着他，他无论怎样都过得没有别人好，谁都应该体恤他、让着他、照顾他，而符拉拉的主要情绪则是自大，她觉得谁都没有她精明，没有她大刀阔斧，没有她那么吃苦耐劳，所以她取得今天的成绩，正是她应该得的！

可是她还是有难题，她过多的机遇和才华，在儿子身上，却丝毫没有显现出来。她真的就没有办法了吗？真的就再也无法和儿子，回到当初的亲昵了吗？

年轻时，她就觉得自己跟男人打交道有问题，可能是因为她成长过程中缺少父爱的缘故吧。做为军人的父亲，除了常年在外，还有点狂躁症的迹象。她母亲也不喜欢见到他，他用管理士兵的方式，管理她和弟弟妹妹，纪律、惩罚、严格、立正、禁闭，是他们最常听到的词儿。

进入社会后，她有很长一段时间，纠缠在说谎话、动辄发脾气、绝对不受约束、调情手段着实高明的各种男人中间。到了二十八岁，除了她的凑合的相貌、她的工作，还有她母亲留给她一小套单位房外，实在没有什么聊以自慰的东西。

于是，她在一次同学聚会时，遇见了前夫，他们也曾是某个阶段的同学。他对她有点当真，因为他给她看了奶奶给他的戒指。那种老式的、一点也没有样子的戒指。她觉得必须回报他的美意，而且她确实也不小了。

他们结婚了，然后来到了深圳。

可是这一切，又都是什么样的结果呢？甚至连儿子，都是这个鸟样！

她没能忍住怒火，还是在一阵狂怒中，把儿子的电脑，卷巴卷巴，一股脑卖给了个收破烂的。

几天后，刘塞林回来了。他看起来，好像经历了一场由身到心的洗礼似的，他的面相突然发生了很大的改变，走之前还有孩子般的稚嫩的下巴，没有了，取而代之成了粗粝的线条。

他的皮肤黑了，头发也长了，最奇怪的是，符拉拉发现他的个子长了一大截。前后一周的时间，他大有改头换面的架势，从一个懵懂少年，变成了残酷的青年。

他仿佛没有看见电脑不见了，符拉拉本来想好的，要对他说的话，诸如"我以为你不再回来了"什么的，全然没有派上用场。他进了家门，并不看符拉拉，而是倒头就睡。

他睡了两天两夜，等再醒来，人又不见了。

他带走了一些换洗衣服，这次前夫很明确地告诉符拉拉："他没来找过我，我也没有给过他一分钱。我说谎立刻出门被撞死。"

符拉拉心里搓火，可是不知道该对谁发。儿子不跟她接招，她连问他这段时间去了哪里，都没可能。他是学坏了吗，吸毒了，还是贩毒了，或者跟什么流氓无赖搞到了一起？符拉拉这才意识到，把儿子圈在家里打游戏，比起他这么在外面瞎跑，可放心多了，至少，她能掌握住他不是？

算了，和无数次狠心生气一样，她再次说出这样的话来："我是不会管他的了，只当他死了，或是没有生过他！"

这样说完，她就觉得解脱了。多日以来说不出的痛苦和难受，也得到了根治。她再也没有什么难言之隐了，她终于又可以一是一，二是二了。

可是，虽然儿子的事再也不用想了，符拉拉却患上了失眠症。怎么也都睡不着，不，没有任何原因，心里没有负担，也没有内疚，没有压抑，也没有阴谋，什么都没有，真的。她去看大夫了，她还从来没有这么一晚上一晚上睡不着觉的时候呢。她是谁呀，工作那么辛苦，每天要见那么多人，上上下下管理着大批的员工，最近，还在准备开第五家分店，要开到内地去，开出省外，说不定什么时候，还会开出国呢。她每天都很累，怎么可能睡不着觉呢？

医生问她："上次开的安眠药管用吗？"

"不管用，"她哈哈笑着："是不是我可以再多吃几片啊？"

"你得看心理医生了。"医生说，并且不打算再给她开安眠药。

符拉拉可笑："我有什么心理问题好看的？我这个人，站得直，行得端，眼里揉不得沙子，心里干净透亮着呢，干吗要看心理医生？"

"家里呢，家人个个都好？"

"都好，不好的，我也是不会理的，他们和我都没有关系了。"

医生脸上露出奇怪的表情："什么叫都和你没有关系了？"

"总之，我很好，一切都很好。"

她斩钉截铁地说着，不愿意再跟医生聒噪了。失眠就失眠吧，这事儿就跟积食一样，几天不吃，它还不会饿？时间长了，她总会瞌睡的。

她提着包，离开了医院。是的，她完全可以做到不再去想刘塞林，她的钱，都是留给他的，她就不相信他会不想到这一点。即便他恨她，即便厌恶她对他的态度，或是她和年轻男人寻欢的事实，但时间会是一服良药，他会，一定会明白一切的。

她觉得自己很坚强，眼角都没有一点湿润的意思。清晨六点，她再也无法躺在床上了，于是下床，来到昏暗、安静的厨房。她点着了炉火，手里拿着锅子，却不知道下一步该做点什么。要操心的事，实在太多了，她脑子里突然一片空白，今天，是要去银行，还是税务？

她还从没有这么头脑不清醒过呢，她生平最得意的事，就是自己有一个好头脑。该做什么，不该做什么，下一步要做什么，不要做什么，她总是能敏锐地，凭直觉就能判断出来。但为何，她连要不要烧水，都不知道了呢?

她心里忍不住咯噔了一下。

想起前些日子,有公安人员来问她儿子的去向,还问到前一次失踪的时间,和去的地方。不,我不知道,她跟公安人员也是这样说的,他们和我都没有关系了,无论他做了什么,都是他的问题。他不会告诉我,我也不会去追问他。他不要我管,我还能缠着去管他吗?每个人的未来,都只能在自己手里,不是吗?

她总是气宇轩昂,理直气壮,没做亏心事,不怕鬼叫门。可是为什么,她还是会失眠呢?

她想不通,想不明白,想不出来,即便能有一条理由,说服她也行啊。可是这世界,到底怎么了,为什么,她的生活,竟会落得如此荒芜冷漠的下场?

她希望儿子能理解她,总有一天能够明白她所有的心思。可是炉灶上的火却不争气,它摇摆着,不听她使唤地,一会儿大一会儿小。握在手里的壶还空着,她望着它,不知道是否需要将它放到水龙头下面去。

终于地,她哭了起来,将近二十年没有再落下过的眼泪,就仿佛积涌了满满的容器,怎么堵也堵不住了,在哭泣中,她的部分意识恢复了,她开始接上清冽的自来水,放在炉子上。然后,她打开冰箱,抽噎着拿出鸡蛋来煮。

尽管双眼通红,泪痕斑斑,奇妙的是,符拉拉的脸上,却依然充满着意志坚定的表情。

一个月后的某个晚上,十点多钟,陕西榆林,做了一天小工的刘塞林,摇摇晃晃地从一家洗浴中心里走了出来,他还只是初级员工,只能做些简单的搓澡捶腿的活儿。但师傅说了,半年后,他就可以当技师了,捏脚、按摩,以后,还有可能学针灸呢。

他喜欢上了这条街一个做沙县小吃生意的女孩子,和他一样,她也来自南方。她大他一岁,还带着一个十岁左右的弟弟。

每天只要没事,他都会去她那里坐坐。女孩子小小的店里,放着一台电视机。他们在一起从没有讲过父母，倒是那个小弟弟，有次告诉刘塞林，父亲很多年前就死了，母亲前年改嫁后，就一直是姐姐带着他生活。

刘塞林有时候会买点腊肉什么的，拿去给弟弟吃。

这个近年来靠煤炭发起来的陕北小城，有着无尽的喧哗和浮躁，短短一条街，有无数的小酒吧和女子服装店。刘塞林却偏偏在这里找到了他一直渴望的安详和平静，不可思议的是，他的幻听，神奇般地消失了。从他用刀刺向邵飞的那一刻起，耳语先生，就好像突然看清了他们之间永远不可到达的距离似的，从他的身边，刷地，消失了、不告而别了。他再也没有出现过，一次也没有。有时候，刘塞林会习惯性地竖起耳朵，心揪起来，暗暗等待着那熟悉、尖细、若有若无的声音，可是它再也没有在他的身边出现过了。

虽然面庞依然青春，可刘塞林的关节、腰、腿，却会有老年人那样隐隐的疼痛。失去了和耳语先生的交流，他觉得自己泯于众人，成了一个普通的、失去了特异功能的，再也无法和另一个奇异世界有联系的男孩。

但毕竟，他和很多人还有不同。他的经历，注定了他内心的不平凡。

他把自己想象成身负命案的侠客，一辈子藏身在无人知道的角落。也许过几年，就会和那淳朴的做沙县小吃的福建女子结婚成家，他们同为天涯沦落人，总有同病相怜的时候。他们会过上普通人的平凡生活。

谁也不知道他有怎样的过去，而且谁也不会知道，其实他只要愿意，就能继承他母亲的大笔财产。

可是此刻，他觉得自己能离开曾经熟知的一切，就是一种解脱。他发现只有远离，才能让他变成一个截然不同的人。

这座西北小城，到了晚上，烟雾遮蔽着群星，从旧体育馆肮脏的玻璃表面反射过来的激光柱，掠过郊外天空的无雷闪电，还有仿佛染上了肝炎的月亮，汇聚成了特有的城市之光。这里比起他曾沉迷的游戏，更像是梦幻世界。他拖着疲惫身子，回到员工宿舍之前，总是会比当地人更忍不住地流连忘返。

女孩不在店里，也许去隔壁串门了，也许是去不远的水龙头处洗衣服了。吃饭时间早已过去，弟弟坐在挂在小店窗户前的电视机前，在看电视。

刘塞林进去时，正看到一则新闻，说北京某外语培训中心失踪的男生已经找到了。

画面上，那个帅气的皮肤黑黑的男孩子，对着镜头，不好意思地笑着。紧紧搂着他肩膀，腰肢，将他裹挟在怀里的，是一对中年男女。他们是他的父母吧？

他们热泪盈眶，喜极而泣，就好像找到了这一辈子都没有想到能到手的幸福。

刘塞林面无表情地看着这一幕，看起来，世界一切都还正常，有人离家在外，就有人积极寻亲。父母，总是通过孩子的表面价值来显示对对方的信心的，现在好了，他们找到了儿子，就可以继续拒绝探究他表面文章下隐藏的所有秘密了。

他想，他从没有真正了解过自己的父母，也许他们彼此之间也根本不了解。他们三个人，正是利用这份不了解，才将自己的内心世界包裹得严严实实。

可这又有什么错呢，如果你爱一个人，如果你懂得家人之间的那种幽怨是何等滋味的话，也许，这才是最好的办法。

夜深了，天特别的黑，小男孩打了一个哈欠，换了频道。一个女人突然爆发出一串笑声，那声音卡在了这出寻亲节目的结尾，恰到好处地结束了窒闷而紧张的夜晚。